REIMS

DU MÊME AUTEUR

JUBILATIONS VERS LE CIEL, *Goncourt du premier roman.*
LES CIMETIÈRES SONT DES CHAMPS DE FLEURS.
ANISSA CORTO.
PODIUM.
PARTOUZ.
TRANSFUSION.
PANTHÉON.
APPRENTI-JUIF.
MORT ET VIE D'EDITH STEIN.
CINQUANTE ANS DANS LA PEAU DE MICHAEL JACKSON.
LA MEUTE.
NAISSANCE, *prix Renaudot.*
UNE SIMPLE LETTRE D'AMOUR.
TERREUR.
DEHORS.
ROMPRE.

Au pays de l'enfance immobile

I. ORLÉANS.
II. REIMS.
III. VERDUN (*à paraître*).
IV. PARIS (*à paraître*).

Films

GRAND ORAL.
PODIUM.
CINEMAN.
RE-CALAIS.

AU PAYS DE L'ENFANCE IMMOBILE

II

IL A ÉTÉ TIRÉ DE CET OUVRAGE
DOUZE EXEMPLAIRES SUR VÉLIN RIVOLI BLANC
DONT DIX EXEMPLAIRES
DE VENTE NUMÉROTÉS DE 1 À 10
ET DEUX HORS COMMERCE
NUMÉROTÉS DE H.C.I À H.C.II
CONSTITUANT L'ÉDITION ORIGINALE.

ISBN 978-2-246-82344-5

ISBN Luxe : 9782246828730

YANN MOIX

AU PAYS DE L'ENFANCE IMMOBILE

REIMS

roman

BERNARD GRASSET
PARIS

TOUTE RESSEMBLANCE AVEC DES PERSONNAGES AYANT VÉCU, TOUTE SIMILITUDE DE NOMS, DE LIEUX, DE DÉTAILS, NE PEUVENT ÊTRE QUE L'EFFET D'UNE PURE COÏNCIDENCE, ET L'AUTEUR EN DÉCLINE LA RESPONSABILITÉ AU NOM DES DROITS IMPRESCRIPTIBLES DE L'IMAGINATION.

Y. M.

À Claudia Guimarães,
ma véritable mère.

J'étais seul comme un dieu, – à en crever de sanglots !

Roger Gilbert-Lecomte

I.

Avant

1. – J'échouai, piteusement, aux concours d'entrée des « grandes écoles scientifiques ». L'emploi de guillemets s'impose : ces écoles n'étaient pas si grandes. N'ayant aucune chance à Polytechnique, aux Mines, à Centrale, je ne pouvais espérer que des établissements médiocres, sis dans des villes de province où les mardis soir, en novembre, suggéraient le suicide par pendaison. Mon camarade Pierre Granspian s'était pendu horizontalement, en courant sur trois mètres, dans son galetas d'étudiant. Il avait « intégré » l'École supérieure d'électronique de Vesoul. Pendant trois ans, il avait répandu sa sueur, son sang, afin d'appartenir à l'élite de la nation ; il avait rêvé de prestige, de tunique militaire, de galons cognés de soleil, de défilés du 14 Juillet. Il s'était imaginé, marchant au pas sur l'avenue des Champs-Élysées, applaudi par ses parents bouffis d'orgueil et sa tante morne, le bicorne engoncé sur la tête, glabre, sabre au clair, brodequins cirés.

Granspian n'avait pas eu le niveau requis ; son cerveau ne s'était pas révélé suffisamment puissant pour dominer les exercices dont on l'avait accablé. Au lycée Pothier, où il fut mon condisciple, il n'avait pas démérité. Toujours vaillant, rempli d'optimisme, bon copain, « bosseur », il n'avait pas prévu, malgré les signes tangibles de ses insuffisances, qu'il n'accéderait jamais aux institutions glorieuses. La fatigue, la nervosité, la fébrilité firent que, durant l'âpre saison des concours, il se fracassa les dents contre un mur. Il le savait et ne bronchait pas ; il ne fut admissible qu'à des écoles de bas de classement dont ses propres professeurs ignoraient jusqu'à l'existence. C'en était fini des étincelles. Granspian n'épaterait personne. Il lui faudrait se recroqueviller quelque part, dans un trou, se faire oublier de ses contemporains. Il se coupa de ses amis. Nul ne put plus avoir accès à lui. Son désir d'être ingénieur avait toujours été inférieur à sa volonté d'en imposer aux foules – plus exactement à la foule de sa mère – par un diplôme flamboyant, censé faire taire à tout jamais les mauvaises bouches. Exagérément épris d'une Franco-Italienne aux seins mouchetés dont le prénom m'échappe, fille ambitieuse, méprisante, brillante qui fut reçue au sélectif concours de Télécom Paris, il dut abdiquer, la laissant convoler avec Guillaume, un professeur d'informatique qui devait se jeter sous un train six ans plus tard à cause de dettes contractées au jeu dans un cercle clandestin.

Granspian ne supporta pas Vesoul, sa texture, son climat – son architecture. L'agencement des rues lui portait au cœur. Les arbres plantés sur les avenues semblaient pleurer à sa place. Il sentait dans ses poumons, qui l'encombrait, un paquet de tristesse aussi lourd que sa haine. Il en voulut à la vie de s'être comportée envers lui comme une chienne. Il décida doucement de son sort ; entre l'instant où il s'avoua, un soir de poker, qu'il était déjà mort et celui où il se suicida, deux mois à peine s'écoulèrent. Les dernières semaines de son existence avaient produit sous son crâne rempli de vieilles équations désormais inutiles une détresse diffuse. Il dormait tard, lisait la presse comme il eût lu celle de 1856, se vêtait de façon lamentable. Il cessa de se laver. Se nourrissait exclusivement de céréales et de raviolis en boîte qu'il ne prit pas une seule fois la peine de réchauffer. Il fréquenta les prostituées, pratiquant sur elles l'anulingus. Si je connais ces détails, c'est parce qu'avant de « passer à l'acte », Granspian avait tenu le journal de ses jours ultimes. D'une écriture bleue, serrée, il exprime dans ces pages, avec un calme venu d'ailleurs, les difficultés qu'il éprouve à continuer de vivre dans la carcasse d'un raté. « Je ne suis pas fait pour être ce que j'ai fini par devenir. » Puis : « Ma solitude est totale. Aucune lumière ne peut plus me relier au désir d'être ; coincé dans mon échec, je décide ce soir de vivre "encore un peu". Juste pour voir. Non pour espérer une surprise, un événement qui viendrait raturer ma décision, mais pour me sentir libre. Je choisirai moi-même la date de ma mort ; cette mort, contrairement aux écrits de Polytechnique, je la réussirai. Je vais maintenant quitter ce cahier pour boire. »

Granspian ne posa presque jamais un soulier en cours. Les étudiants de l'École, masculins à deux exceptions près (Julia Stéphane, Sonia Fauchez), ne présentaient aucun intérêt d'aucune sorte. Ils travaillaient dur aux fins de se spécialiser dans les transistors, les bobines. Il s'agissait pour eux d'exploiter le savoir théorique accumulé en classes préparatoires. Leur volonté était solide, de faire mieux connaissance avec les circuits électriques, les champs électromagnétiques, les phénomènes d'induction. Leurs conversations étaient ternes et répétitives. Ils ne s'intéressaient à rien, hors les motos, les ordinateurs, le sexe – cette passion cruciale. La plupart de ces anciens taupins, dont l'avenir venait mourir à Vesoul comme une méduse échouée sur le sable, étaient célibataires. La compagnie qu'ils offraient n'était pas de bonne qualité. Le soir, ils buvaient.

Un dimanche soir, Granspian ferma la porte de son studio à double tour puis attacha une corde à la poignée. Il opéra un nœud coulant, le passa autour de son cou, courut du plus vite qu'il put, fut soulevé, trembla de tous ses membres comme électrocuté, puis tomba au sol dans un bruit sec. C'était fini. Les vitres du salon étaient crasseuses ; le soleil, aveuglant. Ses parents n'y survécurent pas – ils disparurent l'année suivante de deux cancers concurrents. Il n'y aurait plus de rêves, plus de cauchemars. Juste ce vent d'automne entre les branches affaissées des saules. Quand tout ce petit monde fut en terre, je rendis visite au seul survivant de la famille Granspian – une tante immémoriale et sourde. Nous allâmes prendre un kir dans un petit café d'Orléans, à l'angle de la prison et de la cité HLM où elle vivait depuis quarante-six ans.

Mon échec me rappela cette mort ; non que je voulusse exactement en finir, mais je sentis vaciller quelque chose en moi : cette affirmation d'une intelligence, la mienne, que j'avais crue puissante à tort, et qui avait dû la boucler, s'inclinant devant quelques équations. Les mathématiques avaient rabattu mon caquet. Les professeurs m'avaient humilié ; la matière elle-même avait contribué à cette déchéance. En classe de mathématiques supérieures, j'avais encore eu – un tout petit peu – le loisir de saisir ce que je ne comprenais pas ; en spéciales, j'eusse pu être, sans que cela vînt changer quoi que ce soit, sourd, muet et aveugle. Je n'avais été, l'année durant, qu'une entité posée sur un siège devant un tableau saturé d'insanités logiques. Il en va des matières intellectuelles comme des matières nutritives : on les digère ou pas. Tel qui n'aime pas les poireaux, la rhubarbe, n'est point stigmatisé, montré du doigt, ostracisé ; celui dont l'estomac cérébral est allergique à l'algèbre devient un rebut de la société.

Mon intelligence avait été mise en cause parce qu'elle refusait les plats qu'on lui présentait. Le système avait jugé démocratique de sélectionner les esprits par les mathématiques. Hérésie pure : les capacités logiques, la faculté d'abstraction axiomatique, la sympathie avec tout raisonnement hypothético-déductif sont innées. Trier les jeunesses sur ce critère, c'était laisser la biologie arbitrer. Cela m'apparut comme la chose la plus inégalitaire du monde – tandis que chacun, au fruit d'efforts, peut s'élever vers la connaissance historique, littéraire, philosophique.

Pendant les épreuves écrites des concours, je crobardais. Je réalisais des bandes dessinées que je rendais au bout du temps imparti. Certaines épreuves se déroulèrent à Paris ; je flânai dans les cimetières, allant saluer Stendhal, Guitry, Truffaut. Je croisai Jean-Pierre Léaud dans le quartier de Montparnasse sans oser l'aborder. Il secouait sa mèche en marchant, hagard et habité. Je le suivis. Léaud me semblait n'avoir jamais, face au stimulus d'une situation que le monde réel lui proposait – lui imposait –, la réaction qu'on eût attendue chez un autre. Je continuai de le filer, comme le Doinel détective de l'agence Brady, jadis, ses suspects dans *Baisers volés*. Rencontrer Jean-Pierre Léaud, même furtivement, m'apparaissait plus important que de réussir le concours d'ingénieur de la ville de Paris – j'avais rendu copie blanche dès la première heure du premier jour afin d'éprouver ma liberté. J'étais cinématographique, j'étais littéraire, je serais cinéaste, je serais écrivain : jamais mon existence n'irait s'échouer dans la pénombre.

Je visitai les bouquinistes des quais de Seine. Ils me parurent méfiants – méchants. Leur capharnaüm me flanqua le cafard. Installés dans les pots d'échappement, ils aspiraient les particules fines et fanaient doucement au milieu de papiers morts sous plastique. Ils n'aimaient pas la littérature ; ils préféraient les livres. Les gens qui préfèrent les livres à la littérature ne lisent pas. Loin d'en être le support, le livre est le cercueil des œuvres. Le génie habite dehors, dans la parole, à l'air libre. Le livre est un monument funéraire. Nous voudrions une parole délivrée, échappée de la page, transmise par les ondes dans l'hiver qui pique et l'automne qui tremble.

Je m'inscrivis, pour « amortir » mes connaissances en mathématiques, dans une nouvelle classe préparatoire : celle aux hautes études commerciales. Je fus accepté, après de terribles complications, au lycée Descartes de Tours. De nouvelles aventures allaient pouvoir commencer. Elles commencèrent mal. Astrid Haask, à qui j'avais fait la cour tout l'été, finit par me préférer un « ami », Siméon Deconinck, qui me menaça de représailles physiques si je continuais d'écrire à celle qu'il intitulait par pédanterie son « égérie ». Le cuistre paya le videur du Zig Zag, Nounours, afin de m'intimider. Ledit Nounours, si mal nommé, m'asséna un coup de boule qui me fit garder le lit pendant deux jours. Vint la rentrée. Deconinck m'adressa une cassette audio sur laquelle on l'entendait faire l'amour avec Astrid Haask. Je crus mourir. Je m'en plaignis à celle que j'aimais encore, l'appelant un soir d'une cabine. Elle me passa Deconinck qui lâcha aussitôt le nom de Nounours – lequel cette fois me « casserait les dents ». Je quittai Orléans. J'arrivai à Tours par le train et par les larmes.

2. – Au lycée Descartes de Tours, je fus surnommé « le proton ». Ainsi désignait-on les transfuges passant de Taupe en Épices. Le mot de « neutron » était réservé aux étudiants issus de la classe de mathématiques supérieures. L'accueil fut rude ; je m'adaptai. J'eus la joie de redécouvrir, dans cette préparation pourtant destinée à des écoles dites de « commerce », des matières fréquentables : histoire, philosophie, langues vivantes. L'allemand n'était pas celui de Thomas Mann, mais de BASF ; l'anglais, celui de General Motors plutôt que de Conrad. Qu'importe – j'étais de retour chez les humains.

C'était compter sans elles, toujours elles : les mathématiques. Algèbre, analyse, géométrie, alias Tisiphone, Mégère et Alecton, les trois Furies mythologiques. Tout le monde s'attendait à ce que je majorasse en ces disciplines. Il n'en fut rien. On me démasqua tôt. Mes tares ressurgirent de leur cratère. Dès les premiers devoirs, le tocard en moi refit immanquablement surface. Je fus sur-le-champ déconsidéré.

Soucieux de donner le change, je me spécialisai dans la philosophie. La thématique au programme était la philosophie du droit. Heidegger m'avait fait décomplexer : « La science ne pense pas », avait-il lancé, rigolard, lors d'un cours prodigué à l'hiver 1951-1952. Si la science ne pensait pas, les mathématiques, elles, étaient stupides. Un passe-temps pour les idiots.

Heidegger, seul contre tous dans une époque où le scientisme régnait jusqu'à gangrener notre rapport au monde, critiquait en termes élevés la modernité et son bras armé : la technologie.

La radicalité de sa parole m'enchantait. « Parole » : l'auteur de *Sein und Zeit* se présentait comme l'inflexible ennemi du discours. Ce que m'avait enseigné le poète de la Forêt-Noire n'avait point de prix : la parole était liberté, le discours, aliénation. La parole errait, le discours était figé – il était image, relevant de l'idolâtrie. La parole, dans sa gratuité, pouvait seule posséder le privilège de se perdre dans une époque formatée, une société prédigérée où, les balises poussant de toutes parts comme des polypores, il était devenu impossible de sortir des sentiers battus. Il s'agissait, soulignait Heidegger, d'aller par monts et par vaux – *Holzwege* –, de baguenauder :

toute rencontre avec « l'Être » tenait de l'errance – de l'erreur, qui sait. Le discours, qui balançait entre éloquence et démagogie, se vautrait dans l'obsession de démontrer – de prouver. La parole se moquait bien d'obtenir quelque résultat que ce fût ; elle se promenait dans le ciel comme une phalène. La politique relevait du discours ; les mathématiques aussi. Je m'étais juré de devenir un homme de la parole.

J'incarnai, au bout d'un mois, celui dont on se moque en mathématiques mais qu'on vient consulter sur les questions philosophiques. Je lus Kant, Hegel. *Doctrine du droit*, du premier ; *Principes de la philosophie du droit*, du second. Je passai des journées dans *Léviathan* de Hobbes, des dimanches à surligner Locke. Revenu de Taupe, s'enfoncer dans une idée, pénétrer le génie, s'installer, camper dans une œuvre (de la même manière que, chez les scouts, on installe son bivouac au cœur d'un sous-bois) me firent l'effet d'un enchantement. Je ne me sentais heureux que dans le sein de ces volumes qui pensaient, pensaient sur tout, pensaient sans cesse ; rien ne m'émerveillait plus : des gens, que nul n'avait contraints à le faire, avaient décidé, au prix de cruelles privations, de dédier un mois, un an, une décennie, une vie, à réfléchir sur le droit naturel et le droit positif. Cet élan de pure gratuité, de folie désintéressée, me réconcilia avec la présence de l'homme dans l'univers. Les fulgurances de la pensée humaine étaient un feu d'artifice qui me mouillait les yeux bien davantage qu'un coucher de soleil sur une île grecque en compagnie d'une rousse beauté (expérience dont j'étais vierge de toute façon).

J'imaginais John Locke en bas beiges, souliers à boucle, chemise à jabot, perruqué de frais, le visage blanchi par la poudre, en train d'arpenter le paysage bleu-vert, anglais, de la campagne mouillée à la recherche d'une définition claire, puissante et définitive de l'état de nature. Allant, fourbu mais excité, sur les chemins boueux, jouant d'un bâton de merisier, faisant fuir taupes et surmulots sur son passage, je me le figurais en nage s'expliquer à lui-même ce qu'il s'agissait d'entendre par « droit de propriété ». Locke inventait le monde à sa guise, au gré de sa solitude matutinale, enrobé d'une brume bleue, goûtant la rosée des feuilles.

Kant ne quitta jamais son sentier battu, rabattu, rebattu, effectuant chaque jour l'immuable même digestif trajet, persuadé qu'une habitude qu'on modifie peut écorner la perception qu'on a du monde, et par conséquent le monde lui-même. Pour bâtir sa métaphysique où la réalité disparaissait derrière l'entendement, Emmanuel Kant eut besoin d'une existence uniforme et d'un destin clos.

Se doter du moins de biographie possible fut son calcul – comme si la vie pût se transvaser dans la pensée. Tout ce qui n'avait pas été vécu se verrait recyclé en réflexion.

Hegel m'apparut plus cinoque encore au sommet de sa chaire, tonitruant, le sourcil froncé, engoncé, en redingote et manteau de zibeline, dans un amphi sépulcral de Iéna où ses paroles formaient des volutes dans l'air gelé.

J'oubliai – magistrale erreur – que j'étais là pour passer des concours. Je lus des auteurs qui dépassaient les exigences du programme ; je me faisais plaisir. C'était du suicide. Méprisant les mathématiques, l'histoire, l'économie, je m'enfermai tel un bénédictin pour lire Kojève et Foucault ; sans doute eussé-je été mûr (c'est l'illusion que rétrospectivement j'aime à entretenir) pour l'École normale supérieure mais ma niaiserie fondamentale, ma suprême incapacité de m'orienter dans une voie qui fût véritablement idoine étaient en train de me précipiter au casse-pipe. Il apparaissait de plus en plus évident qu'en fin d'année je ne pourrais, lors des épreuves de concours, m'appuyer que sur Locke et ses amis pour tenter d'intégrer une école où l'on m'enseignerait des disciplines que je vomissais par avance : finance, marketing, comptabilité, fiscalité. Déployer tant d'énergie pour si mal finir m'ôtait le sommeil. Alors je lockais, je kantais – j'hégélais.

En juin, mes notes en philosophie furent excellentes ; j'obtins en allemand des résultats flatteurs. L'anglais fut passable. En mathématiques : la bérézina. Pendant les épreuves, j'assistai à un étrange spectacle : Jérôme Hazin, plutôt que de remplir sa copie, n'avait cessé de fixer Chloé Parny, qui avait décidé de rompre avec lui deux semaines plus tôt. Quitter quelqu'un à l'approche des concours est un acte criminel. Elle l'avait commis sans vergogne. Hazin se trouvait dans un état de désespoir abyssal. Pendant dix jours, sans poser la pointe de son stylo sur sa feuille, ne prenant pas même la peine de lire les énoncés des sujets, il fixa Chloé Parny sans bouger. Pétrifié dans son obsession, coincé dans sa douleur, son regard ne bougeait pas : il était plaqué sur son ancienne amoureuse en train – elle – de se démener pour réussir. Elle m'impressionna, rédigeant, raturant, lisant, relisant ses copies sans jamais se soucier de l'étreinte mentale dans laquelle l'éconduit Hazin tentait de l'enserrer. Imperceptiblement, on apercevait parfois se dilater les narines du malheureux ; c'était la seule chose qui fût vivante en lui. Ses yeux étaient deux couteaux plantés dans le sable. Ses cils ne battaient pas. Je ne possédais pas la preuve qu'il respirât. Il me fit penser à ces automates de rue, travestis en robots, grimés de gris métal, qui font sursauter les passant en actionnant brusquement l'avant-bras, les mains en position de karatéka. Chaque saccade se voit alors suivie d'une vibration cherchant son équilibre.

À tout coup, Hazin rendait une copie immaculée qui contrastait avec celle, prolixe et touffue, de sa bienaimée. Il n'ignorait pas les conséquences de son comportement : aux yeux de Chloé Parny, il ferait figure de fou dangereux ; aux yeux de la société, d'irrémédiable suicidaire. Hazin étant « carré », il ne pourrait redoubler de nouveau. Il venait, par détresse et panache, de saper trois années de labeur et d'angoisse. Il s'en fichait ; son regard continuait de perforer sa muse, de la larder de ses hurlantes douleurs.

Lorsque les épreuves écrites furent terminées, nous attendîmes les résultats afin de préparer les oraux. L'ambiance, presque estivale, se détendit. Hazin ne vint plus. Il n'avait rien à préparer. Je l'appelai un soir de mai. Personne ne répondit. Il avait avalé, cul sec, un verre de Destop qui lui avait rongé la langue, le palais, le larynx, le pharynx – l'œsophage.

3. – Je passai à Paris les oraux d'écoles de seconde zone ; en province, je serais plus à l'aise pour pleurer. Les saules dans la nuit, la proximité des cimetières sous le soleil lourd du dimanche midi m'enfonceraient leur laideur dans les muscles, me transperceraient le thorax et auraient enfin raison de moi – ils n'attendaient que ça. J'étais un raté. Non seulement les femmes ne voulaient pas de mon humour, de ma chair encore moins, mais les journées ne voulaient pas de ma trace. J'allais laisser, à l'instant de mourir, une vie sous hypothèse. Je vivais sans exister, traînant ma honte jusqu'aux abords des filles, qui se moquaient de mon visage, de mes habits, de ma tenue, de mon allure. Tout sur moi faisait plouc ; eussé-je enfilé des costumes de sénateur, de président de quelque chose, d'empereur de quelque part, que j'eusse mécaniquement eu l'air de ce que j'étais, suis, serais : un macaque démantibulé, voûté, bossu, au regard abîmé. Les petites belles s'écartaient de moi, non à cause

de ma laideur, décrétée une fois pour toutes par ma mère, mais parce qu'elles détectaient, aux tréfonds de la pupille, l'expression de ma folie. Je me trouvais normal ? C'était le signe d'un détraquement.

J'avais demandé à une amie orléanaise, exilée à Paris depuis deux ans, de m'accueillir trois jours, le temps de passer les épreuves orales d'admission. Je ne révisai rien, prêt à suicider hazinesquement mes chances d'intégrer ces établissements intermédiaires – écoles de commerce qui me donnaient l'impression d'être des croquenots éventrés à gueule ouverte, comme ceux qu'on trouvait, s'en allant pêcher, sur les gadoueuses rives de la Loire. Je promenais sans arrêt une grosse envie de dégueuler ; je régurgitais mon avenir, qui n'était qu'un futur.

J'expliquai à tel examinateur, cadre au Crédit Mutuel d'Angers, la différence que l'on pouvait faire – que je faisais pour ma part – entre l'avenir et le futur. L'avenir, c'était le futur plus le projet. Le futur n'était qu'une étendue sourde étalée devant nous, infiniment, et qui attendait qu'on vînt, aux dates répertoriées à l'avance par le calendrier, se poser bêtement dessus. Un chat, un rat, une belette possédaient un futur ; ils étaient dénués d'avenir. J'obtins la note, catégorique, de cinq sur vingt. On ne voulait pas de moi à l'École supérieure de commerce de Marseille.

À l'EDHEC de Lille, je tombai sur un sujet intitulé : « Je suis. » Je m'isolai vingt minutes, conformément à l'usage, pour préparer mon solo et revins, fier, gribouillages furieux sous les yeux, évoquer ce qu'il s'agissait vraiment d'entendre par « être » chez Martin Heidegger. Distinguant les deux périodes, nettement séparées par ce hiatus que constituait la *Kehre*, je fus lumineux, précis – dense. Une fois mon exposé achevé, je fixai mes examinateurs l'air vainqueur – pour ne pas dire dominateur. Le sourire carnassier du moustachu rougeaud qui présidait le jury acheva ma liesse. « Qui vous dit que le verbe à traiter était le verbe "être" ? Nous attendions de vous que vous ne tombiez pas dans ce piège. Vous n'avez rien à nous dire sur "je suis" au sens de "suivre" ? » Les deux compères – l'un suintait le déjeuner arrosé, l'autre le champignon pourri – qui l'assistaient lâchèrent un rire médiéval. Je me levai, les regardai droit dans les yeux, leur souris, sortis en claquant la porte. Ce coup d'éclat fut piteux ; leur ricanement redoubla d'intensité.

Je rentrai exténué chez mon amie ; elle s'appelait Juliette Lecsinzky. Elle fumait des JPS – sa saillie favorite était : « Je fume des Jean-Paul Sartre. » Cela faisait rire la première fois. Son appartement était d'une grande saleté. Des bouteilles de vin non tout à fait vidées, des canettes de mauvaise bière jonchaient le sol collant. La vaisselle n'était jamais faite et débordait de l'évier, maculé de sauce tomate séchée où se propageaient de petites taches moussues, verdâtres, poilues. Une odeur de mucus planait, que mon hôte tentait de masquer par des effluves d'encens, rendant l'atmosphère plus irrespirable encore.

La clarté des beaux jours ne pénétrait jamais dans ce gourbi ; les volets étaient mi-clos, l'air, vicié. On s'asphyxiait. D'innombrables livres s'éparpillaient dans les pièces, pour la plupart des poches, lus, relus, délabrés, jaunis, mouchetés, piquetés, éclaboussés. On glissait sur Zola, trébuchait sur Balzac, se cognait à Tolstoï, enjambait Dostoïevski ; dans la bibliothèque, qui menaçait de s'écrouler, se trouvaient, immobiles et illues, non massicotées, les œuvres complètes, jadis éditées par Fayard, d'André Maurois (m'agaçait le fait qu'il y manquât le tome 13, tome que je cherchai, pour l'offrir à Juliette Lecsinzky, sans jamais le trouver, dans les années qui suivirent).

Juliette Lecsinzky avait mon âge mais était déjà une adulte ; mon immaturité « maladive » la faisait sourire. Elle affichait systématiquement, tandis que je parlais, un air hautain, condescendant, qu'elle accompagnait d'une gestuelle décontractée, intellectuellisante, qui confère au fumeur une supériorité sur le non-fumeur (j'ai toujours refusé de fumer pour paraître intelligent). J'avais honte quand je m'adressais à elle, bien que me sachant, des deux, le plus intelligent ; ces misérables écoles que je préparais, ces écoles subsidiaires et navrantes, ces moches établissements à la réputation désolée, elle n'eût pu espérer les atteindre ; pourtant, bien que goûtant ma compagnie, une part de son être fumeur ne pouvait s'empêcher de me rabaisser. Je n'étais à ses yeux qu'un gamin ignorant tout de la vie – allez, elle n'avait pas tort.

Juliette Lecsinzky s'était mise en ménage avec un certain Gilles Vavrin, tatoué des pieds à la tête, qui venait de tirer onze ans de prison ferme pour homicide. « Involontaire », aimait-il à préciser. Il buvait de la vodka orange et du gin tonic qu'il mélangeait à du vin de méchante vigne. Il se droguait devant moi, serrant son garrot de caoutchouc entre ses dents marronnasses. Vautré sur des Flaubert à l'agonie et quelques Proust gondolés en édition Folio, il plantait sa seringue dans une grosse veine qu'il choisissait saillante. Se piquant, il me fixait comme nous fixent un bloc de béton, une feuille de salade, un arbre mort. Son regard partait se clouer dans un coin du plafond. Inspirant très fort, il desserrait son garrot et, souriant aux étoiles, il se grattait jusqu'au sang puis allumait une Gitane. Il se levait doucement, raclant sa gorge. Il affichait un air de béatitude morbide, mettait un disque des Mothers of Invention sur sa platine et s'allongeait sur le parquet gluant.

Je restais là, timide et mal à l'aise, tentant de garder la contenance de ceux qui prétendent en avoir vu d'autres, et me concentrais, pendant que Juliette Lecsinzky faisait cuire des pâtes en téléphonant, sur les lettres d'André Gide à sa mère ou de Léon Bloy à sa fiancée.

Je regardais les cotons, entachés de sang ; les seringues, entreposées sur les étagères de la bibliothèque, sous les Maurois, et qui – contrairement aux Maurois – avaient servi plusieurs fois. Gilles était tantôt pris de secousses ; un long râle s'échappait de sa bouche entrouverte. Il commentait ce qu'il écoutait – il expliquait pourquoi les freaks, contrairement aux hippies fils-à-papa, avaient tout compris ; les premiers, issus de Los Angeles, avaient précédé les punks quand les seconds, domiciliés à San Francisco, étaient les précurseurs des traders. Il m'insultait : « Tu vas finir trader. » J'avais beau lui opposer que je me sentais gido-heideggérien, pongeo-péguyste, bataillo-bloyen, rien n'y faisait.

Un matin, me réveillant en sursaut, je m'avisai que, n'ayant pas entendu le réveil sonner, j'allais être en retard et rater mon oral. Gilles, bien que défoncé de la veille à l'héroïne, encore engourdi de ses noces avec la mort, se leva comme une momie jaillit de son sarcophage : « Je t'emmène. » Une fois dans sa voiture, une Peugeot semi-morte volée sur le parking d'un supermarché voisin, il entra dans une crise de paranoïa aiguë ; à mesure qu'il conduisait, il se persuada que je couchais avec Juliette, hurlant qu'il savait tout, que j'étais son amant depuis six mois, qu'il possédait toutes les preuves, qu'il nous avait suivis, etc. « Tu vas voir, mon pote ! » lâcha-t-il ; il appuya sur l'accélérateur, grilla chaque feu rouge, méprisa les stops et les priorités. Il manqua de faucher une dizaine de passants. Je protestai. « Ta gueule ! » Les pneus crissaient dans les virages. Les portières effleuraient les murs, les griffaient ; la police s'avisa de la furie et se lança à notre poursuite. « Ils ne nous auront pas ! Plutôt crever ! » Il emprunta un sens interdit, évitant de justesse une camionnette Citroën surgissant face à nous. J'allais mourir ici, en compagnie d'un cinglé ; j'allais crever sans avoir écrit un seul livre, dans un matin printanier, la police à mes trousses. J'allais connaître la fin de Mesrine sans même avoir commis le crime d'avoir été jeune. Demain, dans le journal, un minable entrefilet informerait trois lecteurs évasifs, à l'heure du croissant, qu'un certain « Yann Boix » était décédé aux côtés d'un junkie lors d'une course-poursuite avec les forces de l'ordre. Cette coquille à mon patronyme viendrait couronner l'achèvement d'un destin avorté.

Soudain un véhicule de police nous percuta latéralement ; Gilles fut tué sur le coup. De sa bouche s'échappa un léger coulis de sang. Il bavait. Il souriait, il ricanait. Son célèbre tee-shirt « BERLIN 84 », qu'il aimait tant et qu'il ne lavait jamais, était maculé d'un sirop rouge brique, de même que ma cravate à pois (la cravate était d'usage pour les entretiens oraux ; c'était strictement la même que celle de Miles Davis sur la pochette de *My Funny Valentine*). L'os de son bras gauche était sorti par le coude et, saillant, me fit tourner la tête. J'entendis une sirène – des cris. Une masse noire, sans doute des êtres humains, s'approcha de « nous », « nous » encercla, frappa contre les vitres avec ses poings. Je fermai le loquet. Je n'y voyais plus. Le moteur de la Peugeot continuait de tourner. Je m'évanouis. Je fus longuement interrogé par la police, puis relâché en fin d'après-midi. Je n'intégrai pas l'École supérieure de Grenoble.

4. – Stéphane Galaubel avait raté ses oraux. J'avais réussi les miens, mais d'écoles minables, je l'ai dit. J'avais échoué aux « parisiennes ». Je passerais ma vie à attendre des choses qui ne viendraient jamais, à rêver de femmes inaccessibles et de destinations interdites (à moins que ce ne fût l'inverse). Galaubel, lui, n'obtint rien du tout. Pas la plus petite école, fût-elle recluse dans les recoins les plus sordides de cette France en croupissement. Il me téléphona un soir d'août, en larmes, pour me voir. Cette crise m'étonna ; Galaubel n'était pas du genre à gémir – surtout pour des études. C'était un fanfaron. Il n'aimait que le poker, les filles et le whisky japonais. Je tentai de le rassurer en opposant à sa douleur que je n'avais jamais obtenu que Reims, une des meilleures mauvaises écoles. Mais, en effet, là n'était point le propos ; il voulait m'entretenir d'une question plus fondamentale. Je proposai un « pur malt », place Plumereau, dans le Vieux Tours.

Galaubel était défiguré par le chagrin. Claire Couthon, que je lui avais présentée, venait de le quitter. « Je vais me faire sauter le caisson », commença-t-il. Je le raisonnai : il était jeune, bien de sa personne, original, drôle. L'été passant, il rencontrerait l'an prochain, à l'université où il avait prévu depuis longtemps de s'inscrire pour obtenir une licence en droit, une amoureuse toute neuve qui lui ferait oublier la précédente. Certes, juillet et août seraient immanquablement dédiés au chagrin ; mais les flirts estivaux possédaient leurs avantages. Je lui conseillai de s'y vautrer sans ménagement. « Tu ne comprends pas, tu ne comprends rien, gémit-il. Claire est la femme de ma vie. Nous voulions nous fiancer. Nous avions des projets. Tout ça vient de s'écrouler. Je suis un homme mort. Je le sais. » Bien que tentant de le réconforter, je connaissais par cœur ce qu'il éprouvait. Ce chagrin-là était ma spécialité. Je ressemblais à Galaubel – j'étais lui. Comme lui, j'étais dans cette situation incapable de me comporter « comme un homme ». Chaque fois qu'une fille m'éconduisait, c'est-à-dire tout le temps, je me sentais visité par la mort.

Galaubel avait été congédié au profit d'un professeur de gymnastique stagiaire, Alain Stronzo, qui nous avait dispensé quelques heures de cours pendant l'année. Stronzo était roux, portait un appareil dentaire et devait avoir cinq ou six ans de plus que nous. « Je vais le tuer, et je me tuerai après », répétait Galaubel. « Elle aussi, je vais la tuer. Je vais tuer tout le monde. » Il ajouta, souriant au milieu de ses pleurs : « Et toi aussi ! » Galaubel avait péché par jalousie. Aussitôt que Claire Couthon disparaissait de sa vue, il devenait fou ; son cœur palpitait, il se mettait à trembler. Je connaissais cet état. Six mois plus tôt, Laurence Montfort m'avait rendu fou de jalousie. Nous n'avions échangé qu'un baiser, furtif, en sortant d'une colle d'allemand. Le lendemain, persuadé que j'étais désormais en couple, j'avais offert des croissants, des fleurs et un petit poème à ma chérie ; elle éclata d'un rire ravageur dont tous les témoins doivent encore conserver le souvenir. La souffrance qui m'étreignit à cet instant dépassa en intensité toutes les douleurs passées, présentes, à venir. C'était comme si l'humiliation, forçant son génie, était parvenue à réaliser son chef-d'œuvre. Tout, désormais, deviendrait inintelligible pour moi dans ce monde – je serais à jamais en désaccord avec l'univers et absent à moi-même. Aucune raclée parentale, aucune brûlure enfantine, aucune déconvenue ne m'avait paru aussi brutale, aussi aveuglément méchante, que ce rire inconnaissable, quasi extatique, qui ordonnait que je mourusse sous sa scansion. Je venais de perdre pied dans la vie, aucun toit ne m'abriterait plus : de cette jeune femme à peine sortie de l'adolescence avaient jailli toutes les gorgones, les succubes et les glaires, les saletés dont l'être humain, à travers son histoire, s'était rendu capable. C'était un condensé de l'universelle pourriture des hommes. Laurence Montfort avait supprimé en moi le battement de la vie ; elle avait gagné, j'avais perdu. Elle me livrait aux ronces et au suicide, à la nuit, aux rats, à la Loire et à ses putréfactions. Je voyais mon corps pourrir au milieu des ajoncs, des larmes gelées et bleues sur mon visage éclairé par la lune laiteuse. Pour conserver ma dignité, ou ce qu'il en restait, j'offris à Laurence mon plus beau sourire, lui renversai les fleurs et le sac de croissants sur la tête, puis sortis de la salle (une salle d'études délabrée) pour aller pleurer sur mon lit de fer, à l'internat.

J'entendis un pas méchant s'approcher de ma porte, qui se mit à trembler. C'était Gaspard Cabretti, la terreur de la classe préparatoire vétérinaire : il se rua sur moi, me lamina de coups, me fit rouler à terre et me frappa dans les côtes. Il était perclus de cicatrices, avait le crâne rasé et arborait une boucle d'oreille que le proviseur n'était pas parvenu, malgré mille menaces d'expulsion, à lui faire ôter. Son intention fut peut-être de me tuer. Il hurlait que j'étais un sous-homme et, me soulevant de terre comme le faisait mon géniteur, me traîna deux étages en dessous, dans la salle d'études où Laurence, entourée de camarades choqués par mon geste, attendait impatiemment la suite de l'histoire. Nous n'étions plus à la saison du bizutage, mais Cabretti baissa mon pantalon, mon caleçon, tandis que deux de ses lieutenants, Laurent Sapor et Jean-Julien Cahaut, me tenaient les bras. Du renfort fut nécessaire : je me débattais comme un diable. Christopher Monteria et Victor Manzin, qui me haïssaient sans raison depuis le premier jour, me bloquèrent les jambes. Sortant un tube de moutarde, Cabretti m'en badigeonna le gland après m'avoir décalotté de force. L'assistance était aux anges ; pas une âme ne s'éleva contre mon calvaire. « Le proton ! Bite à l'Amora ! Le proton ! Bite à l'Amora ! »

Laurence Montfort, dont j'ignorais qu'elle sortît depuis plusieurs semaines avec ce bulldog inachevé de Cabretti, s'approcha de moi ; elle me lança un regard saturé de mépris : « Alors ? On fait moins le malin, n'est-ce pas ? » « Un casque colonial ? » proposa Manzin ; j'ignorais de quoi il s'agissait. Je l'appris aussitôt. Sous cette expression se cachait la réjouissance consistant à enfouir la tête de la victime dans la cuve des toilettes, puis après que celle-ci fut souillée, de tirer la chasse. Ma position sous les étoiles, à cet instant, me sembla précaire. Cet outrage m'était un outrage au carré : mon géniteur me l'avait infligé jadis. Tous jubilaient : m'étais-je rendu si insupportable, pendant l'année scolaire, pour que des acclamations fussent nécessaires quand je sortis le visage de la cuve, trempé d'éclaboussures merdeuses ? Je me jetai sur Cabretti et lui mordis la joue jusqu'au sang – j'eusse été prêt à lui dévorer les yeux, à les mâcher, à les avaler, à les digérer, à les déféquer. Le soleil s'était levé ce matin-là vers cinq heures trente et je l'avais admiré, le cœur romantique, les pensées pleines de Laurence Montfort – la joie du monde et la mienne s'étaient mêlées ; j'avais été en harmonie avec le mystère. Je n'eusse pas imaginé que quelques heures plus tard, tout cet amour serait jeté aux chiottes. Le monde était plus moche qu'à l'aube. Il avait changé.

Je n'avais plus d'éclat à proposer à la vie ; je mordais une joue. Le sang coulait. Il brillait. Des vents solaires soufflaient. Des neiges éternelles étincelaient. Des musiciens de jazz improvisaient. J'avais les dents plantées dans un faciès humain, j'étais recouvert de déjections ; j'avais honte de n'être pas capable d'être autre chose que moi, honte pour Cabretti qu'il fût ce qu'il était : un crustacé à biceps qui n'écrirait jamais de roman.

On finit par nous séparer ; « on », c'était Galaubel, en cravate comme à son habitude, qui brava les foudres du futur vétérinaire, quatre-vingt-cinq kilos, un mètre quatre-vingts, et se fit miraculeusement respecter de lui. Galaubel me recueillit dans sa chambre après m'avoir accompagné jusqu'à la douche. Cabretti avait lâché des menaces confuses, qu'il ne mit jamais à exécution.

« Tu ne peux pas m'abandonner. Va lui parler. Fais-la revenir. Je t'en supplie. Je te jure que je vais me tuer. Je vais me trancher les veines dans l'eau chaude. Il paraît qu'on ne sent rien. » J'acceptai. J'appelai Claire Couthon qui me fixa rendez-vous le lendemain ; Galaubel était aux anges. Il attendait trop de cette entrevue – aucun ami ne peut faire revenir une femme enfuie. L'éloquence ne sert à rien ; les mots sont des clowns. Nous marchâmes dans la nuit – Claire me proposa de l'accompagner au cimetière de Tours. Je lui opposai que la fréquentation nocturne des cimetières n'entrait pas dans la liste de mes déviances. « Il faut que je te montre quelque chose. » Elle finit par me convaincre. « Tu vas comprendre. » J'étais inquiet ; nous escaladâmes le mur. La nuit était bleue. Les tilleuls nous menaçaient ; ils criaient en silence. Je me retournais sans cesse, de peur qu'une patte griffue ne me cisaillât la gorge et ne vînt m'emporter dans les sous-sols. « Tu es superstitieux ? » Je répondis que non. « Moi, je le suis, Yann... » Après quelques pas dans une allée de graviers brillants, elle me désigna une tombe. « Tu comprends à présent ? » Sur la plaque était inscrit :

CLAIRE GALAUBEL
(1955-1976)

5. – L'été qui précéda mon entrée à l'École supérieure de commerce de Reims fut gâché par la perspective de croupir, tel un ragondin parmi les roseaux, dans cet établissement poisseux où l'on enseignait des matières inutiles. Je cauchemardais, revivant l'accident qui avait coûté la vie à Gilles Vavrin. J'écoutais du blues. Je me procurais, les volant à l'étalage, des trésors indispensables, comme *Down And Out Blues* de Sonny Boy Williamson dont les solos d'harmonica donnaient envie de mourir. Enfant, on l'avait surnommé « Footsie » ; il était connu dans son quartier pour découper ses souliers avec une lame de rasoir afin que ses énormes pieds respirassent. Quand il jouait, son harmonica disparaissait dans sa bouche ; il l'avalait, respirait comme un phoque blessé, et regurgitait de cette caverne des sons qui semblaient en position méditative. Son souffle dégageait une tristesse craintive. Il y avait quelque chose de phosphorescent dans son jeu ; on voyait ses notes dans la nuit.

Après une galipette buccale, l'instrument était regorgé, miraculeusement ; d'énormes mains s'en saisissaient, suivant la tradition cette fois, et la mélodie, le tempo, se durcissaient. L'harmonica était frotté contre la lippe, en un va-et-vient horizontal de trieuse – la musique qui en sortait disait qu'il ne fallait plus jamais rentrer chez soi ; que la vie consistait à aller par monts et par vaux, comme Heidegger.

J'écoutais Sonny Boy étendu sur le sol, la tête pleine d'une nouvelle amoureuse rencontrée dans le train en allant passer les oraux ; elle s'appelait Sandrine Dirac, comme le physicien, dont elle n'avait jamais entendu parler. Je l'avais appelée ; elle m'informa qu'elle était retournée avec l'ancien élu de son cœur, un basketteur. Ma vie rétrécissait à vue d'œil : nulle femme à l'horizon, qui m'eût apporté des reliquats de tendresse, ni nul avenir. Mes yeux se mouillaient. Si on les avait examinés de près, on y eût lu les traces de mes vieilles larmes : les filles envolées, à jamais, que le ciel inscrivait la nuit, dans sa Voie lactée, en autant de confettis étoilés. Une constellation éparpillée dans le noir : l'innombrable amas de celles pour qui je n'avais rien été, multiplié par celles qui, entre aujourd'hui et le jour de ma mort, ne voudraient pas de moi. Celles que je ne ferais pas rire ; celles que je ne saurais émouvoir ni attendrir (dans les situations où j'étais incapable d'émouvoir, j'essayais d'attendrir).

Je n'attirais pas les filles : elles me préféraient les butors. Je n'étais qu'un petit poète au regard inquiétant, les poches déformées par des livres compliqués. J'étais perdu dans la foule des refus ; je parvenais si peu à séduire que je ne comprenais pas comment faisaient les autres pour accéder aux femmes. Les complexes me dévoraient. Elles me fuyaient à cause de ma laideur. La nuit, le matin, un jet visqueux me vengeait des créatures qui m'avaient forcé à baisser les yeux dans le monde réel (celui de la physique, celui de Dirac). Je me pliais dans mon lit, abandonné par l'amour et la fête ; dehors, le soleil rond sécrétait une lumière mélancolique inventée pour m'assassiner.

Je n'aimais pas le soleil ; ses feux décuplaient ma tristesse. Ses racines aveuglantes, plantées dans ce beau mot d'*azur*, me faisaient toucher la mort du doigt. Me réveiller dans sa clarté brûlante était une horreur. J'agonisais. Le soleil tue. La mort, c'est lui – sa lumière aux dents infinies qui mord et mord. Je mélangeais le soleil, Sonny Boy Williamson et Sandrine Dirac dans une tourbe de détresse ; je les buvais mélangés. Je les pissais. J'étais comme chaque être vivant, à la recherche d'une place où me confondre avec le monde. Je me demandais si ce que je vivais (larmes, solitude, mort, harmonica, échec, soleil) était *réel.* Le monde eût dû m'apparaître comme ce qui me restait à vivre ; il se dessinait comme ce que j'avais vécu déjà. Il n'était pas ouverture, mais oblation.

J'habitais ailleurs, gravé dans les sillons de Willie Dixon et de Muddy Waters ; ils m'ouvraient un abîme d'existences possibles qui valaient mieux que de sortir dans la rue, discuter, jouer, rencontrer, se battre, aimer, traîner, marcher – courir. J'écoutais *Fast Fingers* de Jimmy Dawkins sur lequel jouaient Eddie Shaw et Mighty Joe Young. Si je pratique aujourd'hui la guitare électrique, m'essayant au blues, c'est pour refaire couler mes larmes par les doigts.

Au début de l'été, Sandrine Dirac me contacta. Elle avait réfléchi : le basketteur de sa vie n'était qu'une endive ; elle ne le supportait plus et c'était avec moi qu'elle voulait « sortir ». Nous partîmes nous promener, faire du kayak. Nous marchâmes en forêt d'Orléans. Nous parlâmes de Gide, d'astronomie, de musique. Je l'initiai à John Lee Hooker, Jimmy Reed et Koko Taylor. Koko (pour « cacao ») avait sorti en 1975, chez Alligator, un diamant baptisé *I Got What It Takes.* C'était une ancienne femme de ménage qui avait fini, un beau soir, par monter au culot sur la scène et s'emparer du micro, laissant les *sidemen* et le public abasourdis. Sa voix était éraillée – le minimum syndical pour décrocher les étoiles. *I Got What It Takes* représentait beaucoup pour moi : j'avais pleuré dessus, j'avais joui avec, j'avais lu pendant, j'avais écrit sur. Lorsqu'un soir je mis le disque sur la platine, ayant pris soin d'éteindre la lumière de la chambre (celle de Sandrine Dirac qui m'avait invité chez elle en l'absence de ses parents), mon cœur palpita ; j'eusse juré que celle qui allait immanquablement devenir mon amoureuse (même si nous n'avions point encore fait l'amour) allait gémir d'extase en découvrant cette aventure sonore semblable à un roulis d'ecchymoses. Les envolées crachées par Cacao renfermaient les douleurs des hommes. C'étaient des cicatrices qui s'échappaient des baffles. Je pleurai, guettant sur le visage de Sandrine Dirac la naissance d'une émotion semblable ; nous étions allongés sur la moquette. Des livres d'histoire et d'économie nous servaient d'oreillers. Sur « Blues Never Die », je l'embrassai. Elle ne réagit pas. Mes lèvres n'avaient fait que baiser un amas de chair insensible. « C'est beau, non ? » tentai-je, ébranlé. Elle fronça les sourcils : « C'est ennuyeux. C'est répétitif. Je sais pourquoi tu aimes. On dirait du Péguy. Tu ne veux pas mettre autre chose ? C'est insupportable. »

J'en fus lacéré. « Mais », commençai-je. Je m'interrompis. La grâce ne se démontre pas. Un être humain, sur la planète, avait été capable de ne pas être ébranlé par cette voix et je me trouvais à ses côtés, enfermé dans une chambre plongée dans le noir. Des relents de canalisation engorgée, pour tout gâcher, commencèrent doucement de planer dans la pièce. La nuit de la note bleue, celle que j'avais rêvée (faire l'amour lentement en écoutant Cacao, John Mayall, George Coleman, Howlin' Wolf, Billie Holiday, Otis Spann et Fleetwood Mac), était en train de devenir la nuit des fragrances douteuses. Avec un air de répugnance caricatural, Sandrine Dirac lança un : « Ça pue, non ? » L'expression « ça pue », collée sur l'atmosphère sensuelle que j'avais voulu créer, me fit l'effet d'un coup de fouet. La saillie fut sauvagement lâchée sur les premières notes de « That's Why I'm Crying » – Koko était en train de vriller un transcendantal « still in love with you, babe ».

La sonnette de l'entrée retentit ; nous sursautâmes. Sandrine Dirac, persuadée qu'il s'agissait de ses parents, me demanda de me cacher sous le lit. Elle jeta dans la gouttière, par la fenêtre, le contenu d'un cendrier (elle n'avait pas le droit de fumer). Elle descendit, paniquée. Son père, fonctionnaire de police, ne plaisantait guère avec le règlement intérieur. Je l'entendis ouvrir ; la discussion qui s'ensuivit était inaudible. C'était son basketteur venu la relancer – en larmes. J'entendis des implorations, des pardons, des pleurs. Ils passèrent dans la cuisine. Elle lui cuisina un duo de pâtes. Le consola. Ils se consolèrent. Ils m'oublièrent ; ils sortirent. Une voiture démarra dans la rue.

6. – Philippe Pichon était membre du FNJ (Front national jeunes). Il était mon voisin et mon ami. Il honnissait les Noirs, les Arabes, les homosexuels et les juifs. Il tentait sur tous, sur moi au premier chef, son prosélytisme de la haine. Il complexait sur son physique et appelait de ses vœux l'émergence d'une race blanche et pure, indo-européenne – il était fasciste. Son racisme outrancier, son antisémitisme aveugle, son homophobie maladive lui faisaient tenir des propos passibles de peines de prison. La passion du cinéma nous unissait. De 1895 à nos jours, nous connaissions tout de chaque film ; nous étions des encyclopédies humaines. Lui Stallone, moi Pasolini : cela restait du cinéma.

Je ne jugeais pas les « opinions » de Pichon. Je m'en fichais. M'importait seulement qu'il connût par cœur *Westfront* de Pabst, *Paramatta, bagne de femmes* de Sirk, le *Zorro* de Fairbanks ou *Prends ton passe-montagne, on va à la plage* d'Eddy Matalon.

Ses propos sur les « pédales », les « youyous », les « macaques » glissaient sur mes plumes ; ça ne me concernait pas. Je m'en fichais comme d'une guigne. Les obsessions de Pichon ne m'effrayaient pas. Ma capacité d'indignation était nulle. Pichon souhaitait une humanité nettoyée : grand bien lui fît. J'avais d'autres priorités que d'examiner ses fissures. Son manque de puissance, de charisme, de volonté n'annonçait pas le moindre cataclysme ; c'était seul dans sa chambre, à la nuit tombée, qu'il exécutait, en même temps que dix séries de dix pompes en écoutant Judas Priest à s'en faire exploser les tympans, sa révolution nationale-socialiste.

J'écrivais sur Rossellini, sur Fassbinder, sur Guitry des articles trop longs que j'adressais à des revues qui ne prirent jamais la peine de donner suite. Pichon lisait *National Hebdo* et envoyait en vain des scénarios à Jean-Claude Van Damme. J'avais toujours aimé la compagnie des cancres, des ravagés, des excessifs, des démantibulés, des cas sociaux, des déchets, des inadaptés – des infréquentables. Leurs « idées », leurs opinions me laissaient de marbre : je recherchais la proximité de leurs gesticulations exotiques, de leurs comportements imprévisibles, de leurs attitudes délirantes, de leurs propositions incongrues. Je croisais des monstres dont la monstruosité m'amusait.

Incapable de sécréter la moindre haine en dehors de celle que je vouais à mes géniteurs, je laissais planer les exhalaisons des autres, fussent-elles putréfiées, sans qu'elles ne me chatouillassent les narines. J'avais l'habitude des mauvaises odeurs : mon géniteur fustigeait les « bougnoules » à longueur de repas, rêvant qu'on les embarquât sur un paquebot qui s'échouerait en pleine mer.

Grâce à Gide, je vouais un culte sans borne à l'Algérie – Biskra me faisait rêver –, à la Tunisie, à l'Égypte, au Tchad, au Congo. Les bluesmen que je vénérais étaient tous noirs. Quant à l'homosexualité, solidement gidien, j'étais désormais proustien, fassbinderien, pasolinien, cocteaulâtre. Étrange hasard que de n'avoir pour professeurs d'énergie, alentour de la vingtaine, que des « pédés », comme disait mon père qui s'était persuadé, au prétexte que je n'avais pas de « petite amie », que j'étais l'un d'eux. Les juifs ne m'intéressaient pas en tant que *tels*. La « question juive » me restait étrangère. Du moins au plan « politique ». Il en allait autrement de l'extermination du peuple d'Israël, qui ne cessait de me hanter. À seize ans, j'avais regardé un soir *Nuit et Brouillard*, tenant à rester debout devant l'écran, me refusant à moi-même le droit (le luxe) de m'asseoir. Je me rappelle avoir esquissé une prière, ni chrétienne ni juive – une prière spéciale, celle qu'inventent les enfants quand la réalité les perfore.

Le visage de Pichon, dont le père était allemand et la mère autrichienne, était ravagé par des crevasses, stigmates d'une acné mal négociée. Jadis lunetteux, malingre et lui aussi frappé par son géniteur – cela crée d'indéfectibles liens –, il avait décidé de se muscler comme un gladiateur en s'inscrivant dans des clubs spécialisés. À force de soulever de la fonte et de s'infliger des abdominaux, il se forgea des biceps de bûcheron et des pectoraux de nageur de combat. Dès qu'il s'était senti prêt, il avait attendu la brimade paternelle de trop et avait réglé son affaire au minable petit roquet qui, depuis qu'il était né, lui infligeait sévices sur sévices. Son père, Gottschalk, avait été hospitalisé pendant une semaine : son fils avait manqué de le tuer. Depuis, les deux hommes, qui vivaient sous le même toit, ne s'étaient plus adressé un mot.

En cet été 1989, nous entreprîmes un voyage « interrail ». Pour mille francs, nous pouvions sillonner l'Europe en montant dans n'importe quel train. J'avais eu du mal à me décider à partir tant j'étais hanté par le méchant spectre de Sandrine Dirac. « Dans ma liste de récurage intégral de la nation, me dit Pichon dans la micheline qui nous menait aux

Aubrais, il y a d'abord les bicots, puis les macaques, les strolls et enfin les youpins. » Je m'enquis de la signification de « stroll » : « Les bouffeurs d'oignon, les suceurs de mandrin. » Sa mystérieuse hiérarchisation des phobies, comme les phobies elles-mêmes, me laissait indifférent.

Nous nous rendîmes à Dachau. Visiter un camp de concentration en compagnie d'un antisémite est une expérience. Le soleil plombait l'air ; le ciel brûlait. Je pénétrai dans l'enceinte une boule dans la gorge. Entre les baraquements reconstitués, l'herbe était blanchie par la canicule. Une litanie hurlée troua le silence. Nous aperçûmes, agenouillée sur le gazon, les bras levés comme des flèches dans la direction du Dieu absent, criant, pleurant, implorant, une jeune femme de notre âge ; sa plainte devint un chant de détresse, fait d'ondulations perçantes qui me crevèrent le cœur. Le monde sembla tourner autour de ce cri et dépendre à jamais de lui. Ce visage blanc, ce chignon qui tomba pour s'offrir en bouquet de cheveux noirs sur les épaules : le peuple juif s'incarnait dans ce corps hanté.

« Elle en fait trop », grimaça Pichon. Je ne répondis pas. Des frissons me parcouraient l'échine. Le cri continuait de percer les introuvables étoiles de l'azur. C'était une stridence offerte aux morts, opérant une percée jusqu'à la lumière. Ce gémissement sonore et transi chantait, sans mélodie, sans harmonie, la voix perchée sur le plus haut degré de la honte, la destruction de l'humanité par l'humanité. « Elle est pitoyable, cette connasse », cracha Pichon. Le vagissement sacré ne s'achevait pas : il posait des questions sans réponse, réfutant l'impossible, débouchant par forages vers la vérité. Il atteignait des générations de spectres. Il devenait un hymne pour les fantômes ; il contenait la folie des uns et le destin des autres. Dans cette stridence ininterrompue, on entendait parler le corps des petits enfants tus. On écoutait la lumière chanter. Ce cri ricochait dans l'univers. C'était un chœur à lui seul – le chœur des suppliciés. C'était un cri qui rêvait de s'ajuster au cri de Dieu, mais Dieu ne crie pas : il saigne par le flanc percé de son Fils – Fils unique, Fils résurrectoire embarqué dans la vie éternelle par la commune espérance. Ce cri insistait comme une foule ; pourtant il était solitaire et seul. Seul au monde, jaillissant d'un corps qui se mit à trembler en agitant ses bras raides touchant le ciel. Seul aussi devant Pichon qui vociféra : « Insupportable pétasse. Elle se rend compte à quel point elle est ridicule, tu crois ? » Je restai bouche bée. Je sentis mes liens avec Pichon se détacher ; une grande secousse agita la jeune femme dont la voix monta de nouveau d'un palier vers les aigus. « Cette pute me perce les tympans. Viens on se casse. »

Le cri commença de se multiplier sur la terre. Il déchirait l'espace. Le bleu du ciel ne bougeait pas, insensible à la passion qui s'échappait d'une bouche de fille aux genoux plantés dans la terre maudite des morts : « Encore une qui ne baise pas assez. Un bon coup de bite et ses larmes vont sécher, je te le garantis. Ceci dit, elle est intirable. Comme la plupart des youyoutes, qui ne sont que des bicotes en plus vénales. » C'était la mise à mort du monde qu'on psalmodiait sous mes yeux. C'était un poème : une splendeur mêlée d'horreur, ou l'inverse. La jeune femme piqua de la tête et plaqua ses mains sur l'herbe jaune. La chaleur de braise l'enveloppa. Une amie tenta de mettre fin à la lamentation : elle fut repoussée. La jeune femme se mit à pleurer comme pleurent les bébés.

Des badauds intrigués s'étaient amassés autour d'elle ; elle fixa l'assemblée, le regard aveugle. Elle semblait se trouver au milieu d'une chute libre. Le Dieu tout-puissant était une chimère : il était sa propre annulation et son propre blasphème. Le nom de « Dieu » était la pire insulte qu'on pût adresser à Dieu. Il ne méritait pas de nom ; il était innommable. Il avait déshabillé le monde, l'avait humilié, avait forcé des hommes et des femmes à courir nus sous la neige, des hommes et des femmes fouettés, lacérés, pendus – gazés. Dieu n'avait erré dans les alentours de personne ; il avait déserté. Il n'avait pas fait le poids. On l'avait supplié – il s'était comporté comme un salaud. Sa Miséricorde ? Un crachat.

7. – « Le train filait dans la nuit » : incipit d'un mauvais roman policier. Je regardais Pichon en train de dormir. Un coulis de salive débordait de ses lèvres. Une lumière ocre habitait le compartiment ; j'ouvris une fenêtre pour me fouetter le visage de vent. Nous avions bu du schnaps. Dans la nuit parfumée, les hêtraies lointaines gonflaient le paysage jusqu'à ce qu'il explose ; la nuit était un sac qui menaçait de craquer. Nous n'étions que tous les deux, frottés de ciel noir, dehors : un fasciste endormi et moi, parallèlement saoulés. Je devinai le visage géométrique d'un cimetière – ses symétries effroyables, ses croix de pierre, son goudron noir, ses respirations terreuses. De temps en temps, Pichon ouvrait un œil de carpe vitreux. Les poils de son nez dépassaient, lisses et gras, dégoûtants. Son poing rond était fermé sur lui, têtu comme lui, imbécile et assommant – comme lui.

Dachau s'était arrêté devant cette porte close : Pichon. « Je ne tombe pas dans le panneau. Désolé. » Le train m'emportait dans la même allure que l'homme qui avait prononcé cette phrase ; cela ne m'avait qu'*un peu* gêné. Le désir vicieux de m'infliger le poison de cette compagnie avait été plus fort que tout. Cette chose débile à la bouche ouverte, plongée sous mes yeux dans son sommeil antisémite : elle serait pour deux semaines encore mon binôme de voyage.

Je fus réveillé par les rayons dorés du soleil – un aveuglement doucereux, piquant les yeux. Pichon m'apparut, dans la clarté blanche de ce jour neuf, comme un noyé fraîchement ranimé. Il était plongé dans une de ces grimaces où l'homme montre de lui-même, parce que cela lui échappe, ce qu'il recèle de pire en ses tréfonds.

La Shoah n'avait pas « convaincu » ce foireux petit Orléanais, incapable de réflexion, spécialement baraqué pour foutre son paternel au tapis. Les champs filaient sous nos yeux. Des crissements de rail répandaient dans l'air l'idée de rouille, de western, de dimanche et de quai désolé : tout ce qui mêle le ferroviaire à la mélancolie. C'était dimanche et nous le sentions. Tout, partout, le rappelait : cette lumière pointue de matin d'acier, les épouvantails avachis sur l'horizon, disloqués comme nous, comme moi, la méchante douceur des choses, parfaitement impassibles. Une onde triste, caressante, légèrement brune. La journée semblait s'accommoder d'être un dimanche, clocher posé contre le ciel glaireux – réconciliation tacite des heures lentes avec l'avenir des morts.

Je passai mes vacances dans un trou béant : le ratage aux concours et la présence d'un néo-nazi, dont je devenais tacitement l'excroissance docile, ne contribuaient pas à l'utilité du monde ; Pichon se sentait simplement supérieur aux « nègres » et aux « youtres ». « Qu'est-ce que tu as à me regarder comme un gros stroll ? » s'agaça-t-il. Je baissai les yeux tandis qu'il allumait une Gauloise bleue.

Nous arrivâmes en gare de Berchtesgaden en milieu d'après-midi. Nous nous saoulâmes au buffet de la gare ; je vomis. Les quais, les rails, les murs jaunissant et craquelés, souillés de traces de mains huileuses : écœurant magma. Je chutai, me rattrapant *in extremis*, riant niaisement, progressant dans le hall à quatre pattes. Nous nous photographiâmes, hilares et défaits, devant le panneau « Berchtesgaden » en exécutant, chemise ouverte sous le soleil implacable, le salut nazi. Il y avait une chose de laquelle j'étais incapable de me défier : moi-même.

Le bras tendu vers le ciel de ce dimanche, un homme de vingt ans en photographiait un autre. Corrompus par la détestation de soi, c'est-à-dire de l'humanité, farcis au schnaps, privés de concupiscence et interdits de femmes, notre aspiration tacite était de nous suicider : Pichon par ses volontés d'éradiquer les races inférieures, moi par le mimétisme de son abominable *Weltanschauung*. Je ne tirais profit que de la seule fange, ne songeant qu'à me gâcher.

Je n'osais plus regarder Pichon en face ni lui parler comme avant. Il m'avait entraîné, sans m'en intimer jamais l'ordre, dans une profanation qui avait signé mon renoncement au monde. Je compris sous la tente suintante, dans le tumulte catastrophique des échos de l'orage, encerclé par les montagnes d'Hitler qui depuis lui n'avaient pas bougé, comment la collaboration avait pu être possible : comme on se peigne, comme on déroule un ruban. Pichon, cette merde, était devenu mon maître ; je cherchai comment me repentir et n'y parvins de toute la nuit. Je passai le lendemain à croupir sous la tente détrempée ; les bruits du dehors me parvenaient sous la forme d'ombres vibrantes et mouillées. Je savais qu'à l'extérieur s'offrirait, baigné de jour neuf, un des décors du Troisième Reich : les cimes neigeuses du Watzmann, le Königsee, ses forêts de sapins longs, vert bouteille – nazis. Sortant de ma hutte, j'aggraverais mon cas, me ferais le complice du paysage. Il me faudrait rester à l'abri, finir là, recroquevillé dans mes sueurs, en boule, en petit mammifère hibernant. Je pensais aux touffes de poils qui jaillissaient, droites et grasses, des narines de Pichon ; mon bras levé, ses poils nasaux, le clocher de l'église au loin, repeint en rouge vif, le grand silence enveloppant ma tente, tout cela me soulevait le cœur.

J'entendis le pas gadouilleux de Pichon sur l'herbe grasse : « Tu vas pas rester là-dessous toute la journée, putain. Viens, on va bouffer. Je crève la dalle. Après on ira voir ce qu'il reste du Berghof. En hommage à Tonton Adolf. Le Führer n'attend pas. »

8. – Je décidai, aux fins d'impressionner Sandrine Dirac, de lui composer une lettre de cent pages. Je mettrais à profit les longues heures de train pour exécuter mon projet. Je commençai dans une *Weinstube* de Berchtesgaden par des poèmes prétentieux. J'accompagnai mes vers de dessins.

Je composais mes stances pompières. J'attendais la grâce – qui ne vint pas. Pendant que Pichon battait le pavé du bourg hitlérien, je cherchais du plaisir à aligner mes mots. En vain : tout était forcé, rien ne sonnait. Mes pages transpiraient l'effort ; je ne trouvais pas le ton. Peut-être n'étais-je pas amoureux. Seul le corps de Sandrine Dirac (ses seins, ses fesses) m'avait attiré ; je me rendis à l'église. Le Christ était là, bras étirés, dedans le reflet mauve de son éternelle maison. Le lieu respirait la pierre froide. Je volai une Bible imprimée en gothique. La foi ne m'appelait pas. J'étais dominé par le vide – je n'étais rien, qu'un bras tendu dans l'air, mon bras resté en gare, dans la direction et l'option de la mort. Je me faisais une petite sœur de cette morbidité. Il me faudrait du temps pour me commencer – débuter dans mon propre commencement. Une voix doucereuse se moquait de moi, naissant dans mon ventre pour s'évacuer par la bouche avec l'évidence d'une volute. Le visage émacié de Jésus m'adressa une grimace – celle, remémorée, des saisons effacées. Je me souvins de moi à l'école primaire du faubourg Saint-Jean, sans nazisme dans le bras. Ce poids, cette faute, j'eusse aimé les léguer au Fils de Dieu dans une flambée de lumière et de pardon.

Pichon décida de m'aider à parvenir aux cent pages de la « lettre à Dirac ». À Venise, à Florence, à Istanbul, à Munich, à Zagreb, je dessinais les horreurs inventées par nous deux, et qu'écrivait Pichon avec la même maléfique appétence que je les illustrais. Nous ne pouvions plus nous arrêter. La Shoah nous mettait en verve ; mes crobards devenaient de plus en plus affreux – je visais dans l'inacceptable des sommets encore vierges. Mes maîtres, Vuillemin, Reiser, le professeur Choron et consorts, tous jaillis de la marmite *Hara-Kiri* comme des feux follets sataniques et satiriques, à la méchanceté gratuite et à la bêtise revendiquée, feraient figure, comparé à mon génie, de gentils plaisantins, de sages écoliers, de clercs de notaire. Mon ambition était de m'enfoncer dans le pire ; je cherchais, noire volupté, à faire s'évanouir quiconque entrerait en contact avec mes œuvres graphiques. Mon coup de crayon se voulait coup de poing. Dans l'obscurité, il existe encore trop de lumière : je m'enfoncerais jusqu'au ventre de l'abjection, jusqu'à ce qu'en gicle le pus.

Sandrine Dirac verrait quel maléfique génie elle avait laissé choir ; ces dessins, des prouesses inadmissibles, quoique impérissables, seraient demain considérés comme des chefs-d'œuvre. On se les arracherait. C'était de la subversion portée à incandescence. J'en étais salement fier. Lassé par la Shoah, dont nous nous étions moqués jusqu'à la lie sur une quarantaine de pages, nous eûmes l'idée – dans un self-service d'Amsterdam à la sortie duquel nous nous fîmes agresser par trois types armés de tessons de bouteille au seul prétexte qu'ils nous avaient pris, comme nos géniteurs respectifs au demeurant, pour deux homosexuels en couple – de nous atteler à la faim dans le monde ; sur les textes merveilleusement infâmes et inspirés du fasciste Pichon, à qui soudain je pardonnai cette nuque de poulet froid, je griffonnais, avec une inspiration dictée par la grâce, des Éthiopiens au ventre caverneux, les yeux abrutis de désespoir, séchant sous le soleil en réclamant un ver de terre afin de se sustenter. Surgissait alors l'abbé Pierre qui, pour régler le problème de cette affreuse disette, proposait de placer son prépuce dans leur bouche puis de remédier à leurs carences nutritives en les abreuvant de sa divine semence. « Mange à ta faim, mon petit », souriait l'ecclésiastique devant le corps accroupi, bientôt repu, de sa misérable victime efflanquée.

Ce ne fut point suffisant pour éprouver notre noirceur ; nous nous résolûmes à rendre hommage à celui dont nous décidâmes qu'il deviendrait le temps de ce périple à travers l'Europe notre saint patron : Thierry Paulin, le tueur en série du 18e arrondissement de Paris qui, alentour de 1986, étouffait les octogénaires dans un sac en plastique, les rouait de coups, les violait puis s'emparait de leurs retraites malingres. Je réalisai, heureux du résultat, salivant à l'effet qu'il produirait sur la belle Sandrine – dont je rêvais, fichu pour fichu, qu'elle me considérât au moins comme quelqu'un de très malade et de très dangereux –, un poster de « Thierry » qu'elle pût accrocher au-dessus de son lit. Mon Paulin était extraordinaire de ressemblance : Dieu que j'étais doué.

Nous commîmes, pour que le rire soit parfait et la mission tout à fait accomplie, une douzaine de pages sur les myopathes. J'appris à dessiner les fauteuils roulants comme personne. Nous atteignîmes bientôt les cent pages fatidiques ; je les envoyai, depuis Vienne, à Sandrine Dirac. J'avais pris soin de les photocopier en deux exemplaires, un pour moi, un pour Pichon – nous nous mîmes à lire et relire nos travaux, hautement satisfaits de ce que nous venions de réaliser. Nul n'était allé jusque-là, jamais. Nous avions tout passé à la moulinette. Chaque tabou avait été violé. Nous étions, de train en train, parvenus à cracher sur toutes les valeurs, sur toutes les tragédies, sur tous les crimes – à commencer par les crimes contre l'humanité. Je prêtais à ce recueil sulfureux une puissance tellurique qui faisait de moi le plus immoral et le plus séditieux des « jeunes gens » de ma génération. Je n'eusse pas écrasé une araignée, mais souiller en deux, trois coups de crayon furieux la mémoire de six millions d'innocents assassinés par Hitler ne m'avait pas posé le plus petit problème. Autant le bras tendu à la gare, et qui y resterait à jamais, m'avait porté au vomissement (c'est moi-même que je vomissais chaque fois que j'étais penché sur les toilettes), autant ces dessins insultant les souffrances de l'homme avaient produit en moi l'effet contraire – j'y sentais le frémissement d'une libération, les prémices d'une rédemption. J'insultais mon insulte. J'aggravais mon cas.

J'étais fou de joie : j'avais trouvé l'occasion de me débarrasser de moi-même sans avoir à me suicider. J'assassinais le type « brillant », le « bon élève », l'étudiant « subtil », « cultivé », que les professeurs avaient cru voir en moi. Je venais de couper les jarrets à toute possibilité d'être aimé de Sandrine Dirac et, me transformant de toute force en « fou », plus personne – enfin ! – ne pourrait plus désormais me trouver de « bonne compagnie ». On ne m'estimerait jamais, je ferais peur. J'avais gagné mes galons de psychopathe. Je m'étais inoculé, par l'obscénité, grâce à l'abjection, l'illusion d'être « quelqu'un ». J'en vins à trouver, par à-coups (cela ne durait pas), dans ma proximité avec les poils de nez et le fascisme de Pichon, une sorte de passivité récréative. Je m'étais débranché une fois pour toutes du monde et de sa morale – plus proche des chiens que des hommes. Le premier éclopé venu deviendrait mon maître : je n'avais plus d'effort à fournir, de guerre à faire, d'œuvre à réaliser. Dessiner Popeye en pyjama rayé dans les travées de Birkenau m'avait apporté, pour toujours, cette tranquillité des gens qui renoncent – ne pouvant faire pire, j'étais fabuleusement dispensé de faire mieux.

Rentrant dans ma patrie, je ne cachai pas mes œuvres ; je photocopiai les photocopies. Je les distribuai – guettant mêmement l'éloge et le scandale – aux connaissances, aux amis, aux amis d'amis. Je rêvais que sifflassent à mes oreilles : « Il est fou », « Oui mais c'est un génie », « On n'a jamais vu ça », « Quelle horreur », « Il faut bien avouer que c'est puissant ». Rien de tout cela – du meilleur ni du pire – n'advint : silence ouaté, chape de plomb. Nul ne me fit jamais, au sujet de mes productions, le moindre compliment ni le plus petit reproche ; un sourd consensus décida que cela n'avait point existé. J'en fus vexé. J'aurais ma revanche dans cette école de commerce où je ne connaissais personne encore mais où, par ces pages saturées de délirantes monstruosités, j'allais devenir – du moins l'espérais-je – le très vilain petit canard, le détraqué du campus, l'homme à abattre. Se faire aimer de toute une promotion était un projet trop ambitieux, qui exigeait des qualités dont j'étais dépourvu ; ne me restait, pour devenir célèbre, que l'éventualité d'être haï. C'était dans mes cordes.

II.

Pendant

« Je crois qu'abstraction faite de mon goût pour le noir uniforme, la totalité de mon état présent n'est pas très gaie. »

Roger Gilbert-Lecomte

PREMIÈRE ANNÉE

1. – Cette fois, j'y étais. À Reims. J'arrivai par un jour laiteux – un de ces jours qui s'évaporent. Un de ces jours scandaleusement décomptés de notre existence alors qu'il ne s'y passe rien : on ne souffre pas, on n'aime pas, on ne rencontre pas, on ne progresse pas. Un jour stagnant comme stagne l'eau des flaques. J'emménageai, au rez-de-chaussée, rue Flin-des-Oliviers, dans un sombre studio carrelé donnant sur une rue grisâtre. Comment la vie avait-elle pu me déposer là ? L'avais-je si considérablement ratée que je ne méritais que ce cosmos qui puait le dimanche, empestait la mort et respirait le rat ? La porte coulissante d'un garage coïncidait avec l'unique fenêtre de ma masure, l'obstruant. N'osant me manifester auprès du propriétaire, trop timide pour protester, je restais plongé dans le noir. Le suicide avait cessé de m'être une hypothèse ; je me trancherais les veines ici, dans les semaines à venir (je ne pouvais compter en mois), dans la cité des rois de France. Reims me fit penser à un gâteau sec.

Les rues étaient désertes. Des avenues inanimées, plongées dans la fatigue, s'allongeaient à l'infini. Les avenues pleuraient. Les arbres mouraient. Les passants ressemblaient à des spectres ; les voitures roulaient sans bruit, installées dans la mort. Le ciel, blanc n'appelait aucun espoir. Reims s'offrait en obstacle métaphysique à l'effort de vivre ; elle diluait les pulsions vitales, fracassait les joies, cassait le principe d'espérance. Elle était conforme à sa réputation de guerre et de ruines. Elle était brume, méthane, brutale aube. Reims était coupée du monde ; elle se situait dans un ailleurs d'ankylose, de froidure pluvieuse – d'obscurités monotones.

À la tombée de la nuit, les maisons se taisaient tout à fait, tournées vers elles-mêmes, volets clos jusqu'au petit jour blanchâtre. Reims portait au cœur ; des rangées de marronniers noueux, installés devant de vieux bâtiments crasseux, prodiguaient la nausée. Les demeures étaient redoutables d'immobilité. Derrière leurs murs épais : l'aisance – muette et calfeutrée, desséchée, bourgeoise, dont on pouvait deviner les chambres sans soleil et les cuisines âgées.

La ville se prolongeait en champs humides, où l'atmosphère possédait la texture d'une respiration de cadavre. Des viscères de la terre jusqu'au ciel chauve : tout crevait. Les façades, les boulevards, les chaussées étaient parvenus à franchir un cap inédit dans cette mélancolie spéciale que dégagent les villes de province. J'allais habiter dans ce roulement de perpétuelle agonie. Ville filandreuse, chargée de réverbères laiteux, de crucifix. Un rayonnement noir irradiait les nappes. Je tentai de me rassurer, convoquant mes héros, mes dieux, mes amis : des écrivains rémois que j'avais lus et admirés. Je pensai à Roger Caillois, ses livres de pierre et d'agate, sa précision funèbre, son style à la pointe sèche, son austérité minérale – il ressemblait à Reims, à sa ville –, l'haleine glacée de sa prose. Son œuvre d'os et de cailloux, sévère, dominicale, tombale, cloîtrée. J'admirais Caillois pour ce qui me déplaisait ; son corsetage, ses empêchements, sa figure pâle et bouffie de noyé. Caillois avait toujours été mort – surtout de son vivant.

Dans un de ses livres écrits après la guerre il avait donné des conseils aux jeunes écrivains ; il ne supportait pas les effets de style, la virtuosité, l'emphase, l'excès, les outrances. Il honnissait, lui l'ancien surréaliste, la littérature « expérimentale ». Je méprisais ses prudences ; elles ressemblaient à la Champagne.

Caillois était un Rémois capital, mais il y avait plus saillant que lui ; il y avait moins raide et il y avait plus fou. Roger Gilbert-Lecomte, médecin raté (comme Breton, comme Aragon), s'avérait plus rémois encore puisqu'il avait admis, dans sa revue *Le Grand Jeu*, qu'il s'agissait de se *perdre*. Reims ne permettait rien d'autre, hors peut-être chuter.

Il y avait plus froid que Caillois : Roger Vailland, faciès de vautour – émacié, translucide, installé dans un vice glacé. Les Rémois paraissaient se lier très jeunes avec la mort. Je ne parle pas de Bataille, dont elle fut l'idole, la muse – la passion. Il était déconcertant (je n'oublie pas René Daumal) de constater, chez eux (Daumal était né à Boulzicourt), une perfection consommée dans l'art de se putréfier vivant. Ces garçons, difficiles et abscons, jaillis de leur brouillard, livides, finiraient par monter à Paris, non pour réussir mais pour rater. La bande de Reims n'était pas tant venue s'échouer qu'échouer. Rastignacs inversés.

Comme plus tard les punks, ils refusèrent le primat de l'avenir et les diktats du passé. Seul importait l'instant présent. Quand Caillois offrit une biographie aux pierres, ce fut pour arrêter le temps. Les mystiques avaient prétendu transformer l'instant en éternité, l'accablant, le saturant d'une densité inouïe. Caillois avait fait le contraire : il avait transmuté le temps infini, celui des roches et des minéraux, des pitons et des coraux, en les inscrivant dans la fugacité. Le marbre, le feldspath avaient droit, eux aussi, retranchés de leur immuabilité supposée, soustraits à leur irrémissible et rémoise immobilité, à leur manifestation dans l'éphémère. Le quartz fut réhabilité parmi l'évanescence. La pierre n'est jamais la même, dit la lumière qui la transperce.

Reims, ville des statues et des murs – des façades. Cathédrale gravée de contours, de dentelle profanée. Les obus la trouèrent. Ces minuscules perfections, sur le visage des statues diaphanes dessinées dans la pierre de Caillois. Cette fête éteinte – cette fête morte. Les figurines étêtées, la lumière étranglée des chapelles. J'étais entré dans la cathédrale ; ce ne fut pas pour prier. Je n'étais pas croyant ; je n'étais pas athée. Je croyais en la parole. Celle, sinueuse et sinaïtique, diverse et colorée, vibrante et volatile, que chantent en chœur les écrivains de tous les temps. Je croyais en la figure allongée des œuvres, mises bout à bout, déployée et tournoyant entre les tours jusqu'à la nef. Je croyais au tourbillon. En la transmission de la transgression. Je croyais en la littérature.

La rentrée universitaire approchait ; j'étais *seul*. Hormis les morts cités ci-dessus (qui n'étaient morts que pour les notaires, les comptables, les informaticiens, les assureurs, les conseillers bancaires, les étudiants en école de commerce), je ne connaissais *personne* à Reims.

Je marchai. J'arpentai les rues décédées. Je me fournis en pastis, que je bus pur, cul sec, seul. La chaleur était insupportable. La ville était incendiée. La tristesse augmentait à vue d'œil. C'était irrespirable. Je ne bus pas pour m'enivrer mais pour me saouler. Les pavillons crème, les maisons intangibles – tout donnait le tournis. Je passai mon temps à vomir. Dans la bouche, une sensation de caoutchouc brûlé contaminait mes aliments et modifiait mon haleine. J'eusse aussi bien pu me nourrir de gadoue.

Dans une clairière transformée en jardin public, qui semblait avoir été conçu pour les viols tant il recelait de recoins en friche, se trouvait un monument absurde : chétif obélisque granitique rappelant que Napoléon avait bivouaqué là. Abruti par mon anis, je m'y fis agresser par des drogués en manque d'héroïne surgis d'un taillis. L'un d'eux me saisit par la gorge et m'appuya sur la glotte. Un de ses compères, détruit par la dope (dents noires, regard blanc, sourire d'outre-tombe, scansion chuintante), fouilla mes poches. Il y trouva cinquante francs. Satisfaits, ils me relâchèrent et, proférant mille menaces, rejoignirent leurs effrayants buissons. Je fus déçu de ne mourir pas.

Le soleil continuait d'exagérer. Il gondolait la ville. Il surchauffait les métaux et les tuiles. Il éclaboussait les crépis jaunâtres par giclées de photons morbides. Je continuai de boire et d'errer. Dans ma poche, un petit livre de Cioran que je connaissais par cœur. Ses aphorismes m'aidaient à me rendre la vie plus insupportable qu'elle n'était. Il m'arrivait de dormir dans l'herbe. Je mourais tranquillement au milieu de ce perpétuel dimanche d'août qu'était, qu'avait toujours été, que serait toujours Reims. Je saisis, sur un banc de pierre chaude posé derrière la cathédrale (il y est encore, je suis allé vérifier sa présence en juin 2017), que la mort et le décès incarnaient deux choses distinctes. Contrairement au décès, qui n'était que le contraire de la naissance, la mort n'était pas située à la fin de la vie : elle était la vie elle-même. Nous ne faisions jamais rien que mourir. La mort commençait dès le premier jour. C'était contre elle que sans arrêt nous luttions. « Réussir sa vie » n'avait aucun sens ; il s'agissait d'abord, *à chaque instant*, de ne pas mourir.

2. – J'étais un vaincu. Embourbé à Reims, je n'avais plus qu'à me carapater. Une fatalité insidieuse m'avait enfoncé dans ce destin. Le jour de la rentrée, je me levai à six heures trente. Un néon éclairait mon studio où des livres, des journaux, des publications pornographiques étaient disséminés. Incapable d'aborder les filles qui me plaisaient, je me masturbais dans ma geôle ; les mouvements que j'exécutais, serrant mon sexe, abrégeaient les complications des rencontres amoureuses. Je traversai, parmi les faisceaux bleu gaz que distribuait le petit jour, le parc à viols napoléonien.

Le ciel était trouble ; l'obélisque immobile, drapé dans la brume. Je marchai la gorge nouée. Les nuages formaient une épaisse fumée noire. Le chemin était boueux, croûteux – herbeux. Des troncs d'arbres éparpillés, gorgés de tristesse, jonchaient le terrain. Nous n'étions qu'en octobre mais l'air était glacial.

Dès le hall d'entrée de l'école, j'eus envie de sauter du pont de Vesle et d'être emporté (engourdi, violet) par le courant. J'avais été admis mais tout me parut inadmissible : la vulgarité des étudiants, la joie qu'ils étalaient d'être là, dans cette minuscule grande école. Chacun faisait semblant d'être fier, exhibant une face de bon chien. Quelques-uns, moins dupes, grimaçaient intérieurement. Les sourires de façade colmataient une déchirure intime : celle d'avoir échoué à l'entrée des trois écoles les plus prestigieuses : Jouy-en-Josas, Cergy-Pontoise, Paris. La plupart, agités de satisfaction, se pourléchaient l'ego d'être parvenus à intégrer un établissement auquel, dans les plus délirants de leurs rêves, ils n'eussent pu oser prétendre. Soignés, astiqués, rasés de frais pour les garçons (ce n'étaient pas encore des hommes), maquillées pour les filles (c'étaient déjà des femmes), tous semblaient avoir des choses à se dire – à partager. Égaré dans leur foule, je fus épouvanté par leur connivence. Immédiatement je me sentis exclu. Cet ostracisme ne provenait pas d'eux, ni de moi : il était dans l'ordre des choses – la rage n'est ni la faute de la rage ni celle du chien.

Je cherchai une entité humaine avec laquelle m'accoupler socialement. Mon radar scruta la masse ;

aucun marginal ne semblait se distinguer. Rien, aucun poète, pas le moindre lecteur de Roger Gilbert-Lecomte, pas le plus petit spécialiste de Caillois ou de Bataille dans cet amphithéâtre où nous fûmes priés de nous engouffrer. Je n'avais sur moi qu'une pauvre feuille A4, pliée dans une poche, un vieux feutre mâché, là où les autres, encravatés, trimbalaient leur attaché-case, leur cartable étincelant, leur serviette. Ils étaient assis devant un lamentable rouquin, numéro trois de l'école, qui commença son laïus. Les épaules frêles, il nous décrivit le programme qui nous attendait et la philosophie qui le sous-tendait. Ce discours était d'une tristesse infinie. Je compris aussitôt que l'étau s'était définitivement refermé sur moi. Qu'ici, tout était voué à l'échec, bâti sur, pour, par et dans l'échec. Que l'échec déformait les lois de la physique, remplaçant celles de la gravitation, de la fusion, de la fission – de la combustion. Tout cauchemar serait désormais tautologique. Ici, je piétinerais, je me lamenterais, je me désolerais. Les autres s'amuseraient, se contenteraient, se satisferaient. Mon cœur se serrait.

Je surpris des bribes de noms, de prénoms : « Alain », « Thierry », « Manon », « Marc », « Juliette », « Sylvie », « Nicolas » – autant de frelons qui bourdonnaient à mes tympans, vrillant les ondes et faisant vibrer l'air. Tous s'entassèrent dans ma conscience comme des entités hostiles, non comestibles. Je sanglais ces présences dans une même détestation, un dégoût de principe, un refus anticipé. Je les imaginais lancés par toutes les fenêtres des maisons de Reims et de l'école, chargés de dynamite et de leur futur diplôme, s'écrasant sur la chaussée. Peut-être allais-je devoir nettoyer moi-même le monde humain de leur trace, me procurant un fusil-mitrailleur et tirant dans le tas, perforant le lard de leur nombre, tirant, tirant encore, le geste dansant et l'épaule alerte. Leur existence m'accablait. Leurs paroles m'insultaient. Ils continuèrent à m'éclabousser de leurs rires ; je sortis. J'entrai dans les toilettes et vomis. Je m'accroupis, enfouis ma tête entre mes mains – pleurai. J'avais toujours été un pleureur hors pair. Pleureur, comme il existait des marathoniens, des encadreurs, des horlogers, des coiffeurs ; une vocation. Un prolongement naturel de mon être. Pourquoi fallait-il « réussir » ? Pourquoi « réussir » passait-il par des écoles, des examens, la compagnie de gens grossiers, alignés, réductibles à leur intention d'obtenir des postes importants dans une banque, une entreprise ? Comment ne pas voir, dans ce convoi vers la « réussite », l'œuvre de la mort elle-même, déguisée en satisfaction sociale, en onanisme professionnel ? Quand je sortis des toilettes, moucheté de glaires, je me jurai de me tenir à distance, non des étudiants, mais de ce projet si mesquin : réussir. Leur réussite serait mon ratage ; ce à quoi ils aspireraient, ce qu'ils viseraient, je décrétai que ce serait pour moi la déchéance. Je compris mieux mes trois Roger rémois – Vailland, Caillois, Gilbert-Lecomte. Je serais le quatrième Roger.

Il existait une parenté secrète entre Reims et la littérature : la formulation d'un suicide social absolu. Un sentiment de danse et de beauté, de jeunesse effervescente se produisit en moi. Le renversement de toute ma vie venait violemment d'advenir : être écrivain, ce n'était pas écrire, mais marquer d'un trait nouveau son existence, rester connecté aux insignifiances – comme Francis Ponge –, aux mouvements imperceptibles, aux glissements infimes. C'était renoncer à la progression dans les organigrammes, à l'argent, pour adhérer à l'insaisissable vérité de l'enfance. C'était mettre son ardeur à percer le mystère de l'huître. Je me suiciderais aux mots. Me rendant sous la pluie en atelier d'informatique, ce serait la pluie qui me passionnerait, non l'informatique. La salle de cours (chaises, bureaux, murs, plafond, ampoules, estrade, tableau noir, craie, feutres), davantage que le cours.

La première leçon de marketing commença ; il était quatorze heures à la seconde près. Mon voisin,

Alain Frachet, blond poupin, m'interrogea sur mes placements, mon épargne, mes plans pour la retraite. La professeure pénétra dans la salle. Nous étions quarante ; ainsi était répartie notre promotion (trois cents étudiants) : en classes d'une trentaine d'étudiants, selon les langues et les options choisies.

L'enseignante s'appelait Catherine Cabral ; ses seins étaient proéminents. Le soir même, sous le drap, dans la misère de mes étourdissements, je me les remémorai avec concision. C'était une jolie femme, encore jeune. Elle arborait une coiffure haute, avec un chignon formé de volutes comme on en voit chez les chanteuses de cabaret des westerns. Je lui écrivis le lendemain une lettre enfiévrée dans laquelle il était question d'un avenir commun, précédé par la confirmation, puis l'adoubement, de cette promesse par une gymnastique charnelle sans équivoque. Je fus convoqué par la direction. Pierre Ajenta, directeur de l'établissement, menaça de me renvoyer ; je dus présenter devant lui des excuses à Catherine Cabral. Je tremblais. J'arguai que c'était davantage pour la beauté du geste que pour parvenir à mes fins que j'avais improvisé ce doux billet. Six mois plus tard, Catherine Cabral tomba enceinte d'Ajenta ; il la força à avorter, ce qu'elle refusa. C'est elle qui fut expulsée.

Je la croisai par un après-midi sale, devant le théâtre municipal (je m'étais rendu dans une librairie pour acquérir *De l'inconvénient d'être né*) ; nous allâmes prendre une menthe à l'eau au Café du Palais. Je fis semblant de l'écouter, tentant une nouvelle fois ma chance par une phrase provocatrice et directe. Devant tout le monde, elle me gifla. Vingt et un ans plus tard, alors que j'avais occulté son existence et que je m'apprêtais à partir en week-end à Saint-Malo avec une amoureuse sud-coréenne, une lettre m'attendait dans la boîte, transmise par les éditions Grasset. C'était Catherine Cabral qui m'écrivait de Dijon. Elle vivait seule et gagnait sa vie comme administratrice de biens. Son fils Mathieu, tombé dans l'héroïne, était séropositif. Elle désirait savoir si ma proposition « tenait toujours ».

3. – J'étais pénétré de mort, mais une lumière, infime et vertébrale, nue, vint me visiter. Ce fut mystique : dans cette écœurante confiture de futurs diplômés satisfaits, une embrasure me souriait – la littérature. J'étais certain cette fois de ma vocation. Rater sa vie, être calomnié par les événements, m'apparut comme une façon d'accéder à ce ciel.

Le « week-end d'intégration » arriva ; on nous comprima dans six bus qui roulèrent de nuit ; nous y bûmes vodka, bière et mauvais alcools à la noix de coco. Armand Gerson, Éric Pétrel, Jean-François Sauris, déjà en campagne pour devenir président du « bureau des élèves » (BDE), distribuèrent des surnoms à chacun, lesquels seraient inscrits sur le « trombinoscope » et nous colleraient à l'os pendant trois ans.

J'étais appuyé contre la vitre, un volume de Georges Bataille à la main (*Œuvres complètes*, tome IX, Gallimard ; tome rassemblant ses écrits sur Lascaux, Manet et un ensemble de textes sur Kafka, Proust, Sade, réunis sous le titre générique de *La Littérature et le mal* ; Bataille y expliquait notamment quel était le rôle de l'écrivain : être condamné par la société, par la morale, par les goûts et les réflexes du temps). Ma voisine de transport était Corinne Hossard. D'origine asiatique (elle se prétendait japonaise mais était coréenne et adoptée), le lecteur ne peut la connaître ; c'était une célébrité parmi nous. Seule redoublante de la promotion précédente, elle avait, disait-on, pratiqué moult fellations sur les impétrants lors des épreuves d'admission. Plaisanterie récurrente : « J'ai passé l'oral avec Hossard. » Je n'eus pas le loisir de vérifier le bien-fondé de cette réputation. Pendant le voyage, vers deux heures du matin, tandis que nous roulions vers Montalivet, lieu de notre destination, elle avait glissé sa main dans mon bermuda et m'avait masturbé tandis que je faisais semblant de dormir ; jamais nous ne reparlâmes de cet épisode.

L'arrivée à Montalivet fut désagréable. Il s'agissait d'un camp de nudistes que l'école avait réquisitionné afin que, durant quatre jours de débauche, chacun fît connaissance avec chacun. L'idée directrice était d'évacuer d'une seule traite les privations de la classe préparatoire afin d'assurer une cohésion durable au sein de la promotion. À la sortie du bus, Richard

Elcano, Francis Lodz, Jean-Benoît Luchon, Franz Zahler étaient ivres morts.

Zahler était allemand et arborait (seul de la promotion) une moustache 1900 qui regimbait telles des hanches de violon. Il avait de petits yeux renfoncés, noirs et vicieux, qui réclamaient à boire en permanence. Elcano, blanc comme un suaire, souffrait d'une maladie de peau. Lodz avait échoué d'un quart de point à l'École des hautes études commerciales et dissimulait son désespoir derrière un rire perpétuel. Luchon, Jean-Benoît, avait hésité à rentrer dans les ordres ; il avait basculé du côté de la chair et n'en faisait point secret. Pendant le voyage, je l'avais entendu faire la liste de ses profanations étonnantes, de ses basculements intimes et de ses voluptés inavouables. Il était assurément peu céleste. Parmi les filles qu'il avait repérées, et dont il s'était juré, devant elles, qu'elles « passeraient à la casserole », se trouvaient Séverine Pelletan, une rousse botticellienne au visage si pur qu'il ne lui manquait que des ailes, Caroline Dux (« Toi, je te plaque contre un mur et je te baise ! » – Caroline avait gloussé, faussement gênée), morte depuis (arrêt cardiaque lors d'un fou rire), Astrid Vaud, Anne-Lise Gupta, Julie Crespi-Auzout et Béatrice Zughof.

J'eus un pincement de cœur la première fois que je vis Béatrice Zughof. Elle avait le nez retroussé ; les cheveux, bouclés. J'eusse aimé la serrer contre moi, lui procurer du plaisir. Ses yeux clairs étaient remplis d'une bonté définitive, comme on en trouvait dans le regard des statues italiennes, éclaboussées de ciel et d'eau. Nous avions échangé des mots timides. Je lui avais menti, prétendant que les éditions Gallimard et Grasset se disputaient mon premier manuscrit. Quand elle me demanda son titre, je fus pris de panique ; après quelques bredouillements, je répondis : *Les Pianos migrateurs*. Titre grotesque, qu'elle trouva poétique. Je conçus pour elle, de ce jour, une tendresse brouillée par un frétillement charnel. Je rêvais de parcourir son corps beige avec mes mains douces comme des pinceaux, mordillant ses oreilles minuscules qu'ornaient des boucles d'argent semblables à la gidouille du Père Ubu.

À Montalivet, je refusai de me mêler aux festivités : courses en sac, jeux de rôle, épreuves d'orientation. Enfermé seul dans mon bungalow, je fermai les volets et dévorai *Madame Edwarda*. Un camarade à l'air maladif et aux cheveux roux – il s'appelait Loïc Letoul et dirige aujourd'hui une entreprise de roulements à billes dans la périphérie de Nancy – m'apportait des tranches de pain. J'étais bien décidé, non sans vanité, à incarner le rebelle officiel de la promotion, l'âme damnée de l'école, celui qu'on rangerait sous la prestigieuse étiquette de marginal. Je lus Bataille avec passion. Lui non plus n'avait pas fait de compromis, lui aussi avait joui du mépris de ses contemporains. Il devint mon idole. Je m'assimilai à son irrécupérable figure, me faisant tout simplement accroire que j'étais lui.

J'étais engoncé dans le sommeil, quand soudain je sentis mille mains me saisir et me soulever ; on n'avait pas admis que je pusse me soustraire aux joies de la vie de groupe.

Il faisait froid et nuit. La plage était balayée d'une lueur orange. On me souleva jusqu'à une dune, malgré mes efforts pour m'arracher à cette capture groupée. On m'insulta, on me griffa, on me serra. Il me fut impossible de me défaire de l'étreinte et de m'arracher à l'étau.

On m'attacha les mains dans le dos à l'aide d'une ficelle qui me brûla la peau. Je me secouai en tout sens. On me banda les yeux, me fit tourner sur moi-mêmc à la façon d'une toupie. Totalement étourdi, ne m'étant nourri que de pain, je manquai de m'évanouir. On me fit mettre à genoux. Autour de moi, on jouait de la guitare, on allumait des pétards, on gueulait des chansons paillardes. On me dévêtit ; je me retrouvai en caleçon. Je sentis sur mon nombril la chair étale d'un être humain – une fille. Quelqu'un me posa un chapeau sur la tête – il s'agissait d'une corbeille de pain. On me pressa les côtes, me poussa par les fesses ; mon bas-ventre vint heurter le bassin de ma camarade. On était en train de me faire mimer la position dite de la levrette. Autour de moi, des hurlements poussaient de toutes parts : « Je jouis ! Je jouis ! » Je devinai des cliquetis d'appareils photo. On me filma.

Tous, comme un seul homme, se mirent à aboyer. C'était le coït canin que j'étais censé interpréter en public, mains liées, bassin contre croupe. Puis le groupe s'évapora dans les rires, ainsi qu'une nuée de frelons. Je n'entendis plus que les froissements de la mer, le murmure du ressac et quelques sanglots. « Béatrice ? » demandai-je, en incapacité d'ôter le bandeau qui me rendait aveugle.

« C'est Mylène… » soupira-t-elle en tremblant. Ses mains douces me rendirent la vue. Elle trancha mes liens avec un galet coupant. Je n'avais jamais vu Mylène Caradec. Nous venions d'intégrer l'école et identifier chacun était à ce stade impossible. Je la serrai dans mes bras ; elle était dénudée du haut. Son soutien-gorge avait été sauvagement arraché ; ne lui restait que sa culotte en dentelle. « Je me sens si mal… » Ses larmes coulaient. Je lui expliquai que dans mon cas ce châtiment était lié à mon attitude hautaine de reclus volontaire. Je lui demandai ce qu'elle avait bien pu faire de si grave pour mériter, elle, une telle humiliation.

« Je fais partie de ta punition… » J'avouai ne pas comprendre. « J'ai été élue hier soir "Miss Super B." lors du tribunal intégratif. » Je lui demandai de me traduire ce volapük. Une larme plus grosse que les autres coula sur sa joue gauche, qu'elle n'essuya pas parce qu'il commença de pleuvoir. « Tu as devant toi Miss Super Boudin. La fille *officiellement* la plus moche de la promotion. »

4. – Le 3 août 1914, l'Allemagne déclara la guerre à la France. Georges Bataille et sa mère furent, avec le reste de la population, évacués de Reims déclarée « ville ouverte ». Toutefois, les Allemands ouvrirent le feu sans sommation et bombardèrent la capitale champenoise qui fut rasée.

À l'instant (samedi 5 septembre 1914) où Péguy recevait de plein fouet une balle ennemie dans le lobe frontal, Bataille fuyait précipitamment le domicile familial, laissant derrière lui, sous les bombes et dans l'infernal brasier où se consommait l'urbs des rois de France, son père aveugle et paraplégique, Joseph-Aristide Bataille. Le fils avait crié ; il avait pleuré. Il avait imploré sa mère de « faire quelque chose ». Mais il fallut faire vite, et le père immobile, indéplaçable, eût été un boulet et signifié la mort pour tous les trois. Placé sur son fauteuil d'infirme, Joseph-Aristide sentait les flammes lui gifler les joues. Dans un dernier borborygme, qu'on choisit d'interpréter – peut-être était-ce le cas – comme une autorisation de l'abandonner au milieu de l'apocalypse, il fit preuve, prêt à mourir seul et tout à l'heure, d'une puissance démesurée.

Des poutres en flammes pleuvaient autour de lui, se fracassaient sur le carrelage, faisaient jaillir les étincelles. Dans la fournaise, entouré d'éboulis, les torches le léchaient ; les murs s'effondraient à ses pieds. Sous ses paupières dansaient des pieuvres orange. Des foyers s'allumaient tout autour, encerclant le paralytique qu'un rire sonore agita.

Je passai devant la maison, 65 rue Jean Jaurès (faubourg Cérès du temps de Bataille). La fixité des lieux fait peur ; ils persistent quand tout passe et meurt. La pierre est seule dans le monde et seule dans le temps. Depuis 1914, cette maison était restée forclose dans son drame ; rien n'était jamais venu la diminuer ni l'augmenter. Elle gisait dans son repos, abritant des êtres successifs. L'hiver, la neige en soulignait les corniches. Elle était restée ici, sur son site intense, tandis que Bataille s'en était allé loin dans l'univers (géographiquement, il s'était peu éloigné de Reims, mais son œuvre flambait à présent au milieu d'un parterre d'étoiles). Sa maison natale abritait désormais en son rez-de-chaussée une auto-école et à l'étage un étudiant de ma promotion – le premier avec lequel je daignai sympathiser. J'avais cherché des amitiés atypiques : celle-ci le fut.

Jean-François Caillette, originaire de Laval, avait effectué ses classes préparatoires au lycée Chateaubriand de Rennes. Avant que d'intégrer notre école, il avait choisi d'accomplir son service militaire à Tours, dans les transmissions. Un matin, longeant le mur du cimetière – je me rendais pour la première et dernière fois de ma vie en cours de comptabilité analytique –, j'entendis des ahanements en provenance des tombes. Retentit, par deux fois, l'interjection « Salope ! ». Je pénétrai dans l'enceinte. Sous un vieux châtaigner décharné, j'aperçus Caillette vêtu d'un simple tricot de peau malgré le froid coupant, faisant une série de pompes, les dents serrées, qui soufflait tel un animal de somme, devant une sépulture.

Je m'approchai. Il n'en fut pas dérangé, continuant sa gymnastique. Ses jambes étaient tendues, ses bras, surmusclés. Un type dénudé dans le matin d'automne, s'infligeant des pompes devant telle pierre tombale ne pouvait que devenir mon camarade. « Tu fais quoi ? » demandai-je en regardant ses souliers s'enfoncer dans la terre. « Je maudis une pute ! » lâcha-t-il en fronçant les sourcils. D'un petit saut, il se leva, frottant ses mains criblées de gravillons. « Je me suis fait quitter, en prépa, par une saloperie dont j'étais amoureux, Sandra Koniev. Pour me venger d'elle, je viens là… » Il me désigna une plaque sur la tombe ; la jeune morte qui habitait ce sous-sol était une certaine Sandra Brioux (1953-1978). Caillette avait décidé qu'une Sandra valant l'autre, c'était toute la communauté des Sandras qui appelait son ressentiment.

« Tu n'as pas froid ? » m'enquis-je. « Horrible », reconnut-il. « Pourquoi t'infliger ça ? – Pour me punir. – Mais de quoi ? – D'exister. » Nous gagnâmes les locaux de l'école. Nous parlâmes de littérature. Caillette n'était pas seulement « lettré » : il écrivait, vouant comme moi une passion à Kafka. Une autre de ses idoles était André Suarès, qu'il me fit découvrir. Je lui parlai de Bataille ; il m'apprit qu'il logeait « chez lui » – des frissons me parcoururent l'échine. Caillette sentait le moisi, le trempé, le champignon, le merlan – l'étang.

Tous les matins, il venait expier son chagrin et nettoyer son humiliation parmi les tombes. L'existence le dégoûtait ; il fuyait la réalité en « soulevant de la fonte ». Il ne supportait pas l'avenir et regrettait l'armée, où, caporal-chef, la compagnie des démunis lui avait réchauffé le cœur. Caillette s'était peu à peu confectionné une écorce râpeuse, par laquelle nul sentiment ni nulle joie ne devait plus pénétrer. Il n'écoutait que de la musique contemporaine. « Les femmes ne m'auront plus jamais. Tant pis pour elles », assénait-il. « Les mélodies non plus. » C'est pourquoi il s'était enfermé dans la musique sérielle et dodécaphonique, affranchie selon lui de toute émotivité, de tout sentimentalisme. « Mozart dit les oiseaux, Schönberg dit leur cadavre. »

Caillette me fit visiter la maison de Georges Bataille, dont il ne subsistait rien. Aucune plaque n'informait l'éventuel visiteur ou le passant de l'importance de ce lieu dans l'histoire du monde. Les Rémois restaient insensibles aux radiations qui émanaient de cette bâtisse. Personne ne faisait jamais le moindre détour pour venir respirer les miasmes d'un des plus grands écrivains du siècle ; personne ne poussait la porte pour venir éprouver *l'expérience de la nuit*.

Jean-François Caillette ne jetait rien aux ordures. Ses détritus remplissaient des cartons d'emballage de lait concentré qu'il empilait le long du mur. L'odeur, dans la pièce unique, était pestilentielle. Une exhalaison de crevette morte ravageait l'atmosphère. Il conservait tout. Un antique exemplaire du *Figaro* se voyait aussitôt archivé, un prospectus de boîte aux lettres pieusement mis de côté au prétexte que cela servirait tantôt de « brouillon ». Caillette amassait ; il thésaurisait. Il engrangeait. Il écoutait Penderecki,

Boulez, Xenakis et Nono sur un autoradio rafistolé. Du restaurant universitaire, chaque midi et chaque soir, il rapportait, bourrant ses poches, des morceaux de pain dont la mie héritait du goût de métal de ses clefs. Il récupérait tout ce qui était récupérable, réparait tout ce qui paraissait réparable. Générateurs, moteurs, bobines, bidons, ressorts, siphons, rasoirs, humidificateurs, aérateurs, poussoirs, cliquets, appliques, connecteurs, disjoncteurs, batteries s'amoncelaient dedans son antre. Des revues jaunies s'entassaient sur le cuit-vapeur défectueux. Un four à micro-ondes sans hublot accueillait des pots de yaourts vides ainsi que des chaussettes dépareillées.

La pingrerie de Jean-François Caillette, fascinante, n'était corrélée à nulle gêne ni nul souci financier. La radinerie n'apparaissait plus, hissée à cet acmé, comme un simple défaut ; elle accédait au statut de catégorie métaphysique. Elle instaurait un rapport au monde. Toute dépense était une ennemie. Caillette ne supportait pas que se répandît quoi que ce fût de sa personne ; il possédait le génie de la rétention. Rien ne sortirait, ne jaillirait, ne saurait sourdre de lui : ni sperme, ni argent, ni joie. Déféquer, pisser, suer le rendaient malheureux.

La gratuité, en revanche, le rendait fou de bonheur. Il raffolait de ce qui était offert. Il amassait les stylos, les autocollants, les sacs en plastique. Une bouteille de lait, placée dans un sachet, pendouillait à sa fenêtre – il eût été hors de question de posséder, coût de l'électricité oblige, un réfrigérateur. « J'aime ce qui entre. Je maudis ce qui sort », m'avoua-t-il un jour au restaurant universitaire, finissant une barquette de carottes râpées abandonnée sur un plateau.

Caillette était en proie à des phobies spéciales. « Chaque soir, je regarde sous mon lit pour vérifier qu'Himmler ne s'y trouve pas. » En outre, bien qu'athée comme un bonobo, il se levait à l'aube, se rendait à la chapelle de la rue des Champs pour réciter les psaumes. Le dimanche, derrière ses volets mi-clos, il observait les passantes. Dès qu'une d'entre elles lui plaisait, il se jetait sur son matelas, les yeux plantés dans les moisissures bleuâtres de son plafond, pour lui rendre, le temps d'une harmonie violente et d'une étreinte imaginaire, un hommage à sa façon. Lorsqu'il croisait dans la rue les motifs de ses coïts unidirectionnels, son cœur palpitait ; il craignait que ses proies, vigoureusement secouées lors de ses sessions solitaires, se doutassent de son manège. « Elles doivent le deviner à mon regard. – Deviner quoi ? – Que je les ai fait jouir toute la nuit. »

5. – Sandrine Dirac n'avait jamais répondu à ma lettre de cent pages regorgeant de poèmes, de Schtroumpfs déportés et d'Éthiopiens faméliques ; ces dessins, agrémentés de la prose de Pichon, je décidai de les recycler dans un fanzine photocopié agrafé par mes soins ; il ne fallait pas laisser perdre ces joyaux de l'infâme. Chacun devait être informé dans ma promotion de quelle indicible noirceur j'étais capable. « Vous côtoyez un maudit, bande de larves. Vos yeux jailliront de vos orbites. Oui, c'est moi qui ai fait ça. J'aurais pu jouer à la roulette russe. J'ai préféré dessiner les Dalton en pyjama une pioche à la main, dans la proximité d'une chambre à gaz, le tout sous le regard d'un Bernard-Henri Lévy décharné. »

C'est lui pourtant, m'étais-je promis, Bernard-Henri Lévy, que j'irais voir mon premier manuscrit achevé – c'est lui ou Philippe Sollers qui serait, tantôt, le témoin de la naissance du grand écrivain que je ne m'excuserais pas d'être. Hélas, jamais on ne voudrait de mes romans. Je n'avais rien à dire. Je ne possédais aucun style, nulle manière qui fût mienne de prononcer le monde, de mettre en équation les amours, de chanter les souvenirs, le fantôme éparpillé de ceux qui m'avaient serré la main, adressé la parole, consacré quelques-unes de leurs heures terrestres et n'étaient plus que des os, des calcaires silencieux.

J'intitulai *Ushoahïa* mes photocopies agrafées – douze exemplaires qui deviendraient mythiques –, inscrivis un prix dessus, « deux francs », et proposai à mes condisciples, indifférents à ces griffures, ce produit de mes outrances. Le premier numéro se vendit mal ; j'écoulai péniblement le reste de la lettre à Sandrine en la saucissonnant par thèmes : Shoah pour la prime livraison, puis Éthiopie, Abbé Pierre, Myopathes, Hommage à Thierry Paulin. Un silence assourdissant accueillit la propagation de ce poison ; seul le président du bureau des élèves vint me trouver pour m'annoncer qu'à titre personnel, malgré le talent dont je jouissais pour l'inadmissible et les promesses graphiques que trahissaient mes gribouillis obscènes, il trouvait « dommage » que je gâchasse mon énergie à des « abjections antisémites ». Je répondis que je ne « voyais pas le rapport » : « Je me fiche bien des juifs. Ce n'est pas le propos. Ce n'est pas le sujet.

— Que les choses soient claires, dit-il. Je ne suis pas juif. Pour tout te dire, mon grand-père maternel a fait de la taule, à Fresnes, pour intelligence avec l'ennemi. C'était un collabo. Il n'empêche, ton fanzine est un torche-cul. Tu le sais. Arrête. Tu vas te foutre trois promotions à dos. Tu mérites mieux. On dit que tu as tout lu, que tu es fou de littérature. Écris, baise, fais du sport, inscris-toi au karaté, au ski-club… Tu dessines bien, mais en répandant des choses pareilles sur le campus, tu vas te griller définitivement. Si la direction l'apprend, tu es mort.

— Va te faire foutre, répondis-je. Tu es comme les autres : une petite crotte qui a planté HEC. Tu n'as aucun talent, aucun génie, aucune passion. Tu te permets de donner des leçons à quelqu'un comme moi. Je ne devrais même pas t'adresser la parole. Je fais ce que je veux. Je dessine ce qui me plaît. Je me fiche de me faire virer. C'est ce dont je rêve. Si je veux dessiner des déportés toute la journée, je dessinerai des déportés toute la journée. Je suis en train de concocter un tee-shirt où l'on voit Pif le chien et son ami Hercule le chat en pyjama rayé, rachitiques et nantis de l'étoile jaune, posant hilares devant un charnier. Je te méprise. Ne me dis plus jamais ce que je dois faire. Compris ? »

J'étais décidé à aggraver mon cas. Le soir même, après deux pastis cul sec, j'introduisis ma carte magnétique dans une cabine téléphonique, entendis au bout du fil la voix de Sandrine, l'insultai : « Tu n'es qu'une grosse pute, je voudrais que des clébards t'enculent. Que tu suces la bite d'un doberman. Je souhaite que tu crèves, que ta sœur crève, que ta mère soit décapitée à l'aide d'un couteau de boucher. Ton père, je vais m'en occuper moi-même. Cet impuissant ! Ta mère le trompe, de toute façon. Ta mère fait des pipes dans les locaux à poubelle, c'est une grosse pute comme toi ! Tu ne le savais pas ? Je... » Elle raccrocha. Je rappelai et tombai sur la mère : « Il faut que ça cesse, Yann. Nous allons porter plainte. » Ma réponse fusa : « Je te baise par la bouche toi ma connasse. » Je m'écroulai dans la cabine, tête sur les genoux, beuglant, hurlant, pleurant. Je braillais comme un enfant tout neuf, à peine abîmé, qui allait devoir quitter l'existence sans avoir pu l'enfiler.

Je m'éclatai le poing contre la vitre de la cabine, pissant un sang joyeux : celui de la jeunesse, de l'avenir étendu devant moi, de tout ce que j'aurais pu faire avec ce sang écarlate gorgé de promesses ; mais c'était un sang qui ne demandait qu'à se fondre dans ce qu'il n'avait jamais cessé d'être – celui d'un petit bonhomme faible et baptisé, bafoué par ses géniteurs, zigzaguant entre les gifles et repoussé violemment par les femmes. En théorie, je n'étais pas plus hideux qu'un autre ; c'est techniquement que le bât blessait. Le « réel » ne couvait pas la moindre pitié envers les faibles. Dans les romans dont je m'étais nourri, qu'ils parlassent de l'histoire du monde ou d'une ruelle ensoleillée, on rencontrait toujours cette loi : les misérables étaient vengés ; l'auteur, Dieu, le lecteur leur lançaient un morceau de sucre. Dans la vie non romanesque, dans l'existence sans verbe, où le style n'était rien et les personnages de pauvres imbéciles, tout n'était que déception. Le Christ ne fonctionnait pas sur moi ; mes gémissements ricochaient sur ses côtes maigres et pénombreuses.

Je gémissais sur le chemin, perdant du sang. J'étais déchu, avili comme je l'avais escompté : je me riais au nez. Je déchirai une petite Bible oubliée par le locataire précédent : « Tu n'es plus sacré, toi l'Enfant martyr affligé sur ta croix. Tu es l'imposteur des étoiles, tu te prostitues pour une larme. Tu n'aides que les vieillards, les malades, les pauvres et les cinglés. Tu abandonnes, avec ta carcasse vrillée de supplicié crâneur, farci de vanité grimaçante, ceux qui ont vraiment besoin de toi. Tes autels, tes mains séparées par deux clous, tes contorsions ne valent pas un crachat : tu exiges trop en échange – prières, espoir, génuflexions. Je ne souhaite que boire, m'assassiner à l'éthanol, dessiner des wagons de déportés qui s'évaporent dans la nuit, faire beaucoup, beaucoup de mal aux filles qui refusent l'intromission de ma verge entre leurs cuisses. Ces cuisses que tout le monde a le droit de visiter selon sa fantaisie à l'exception d'un seul : moi. Peux-tu m'expliquer, percé que tu es par trois morceaux de fer rouillés, comment font *les autres* pour rencontrer une femme et se faire aimer d'elle ? Explique-moi. Je ne comprends rien. Je saigne, regarde, je saigne comme toi et tu ne m'écoutes pas. Je pourrais être calme, gentil, sincère, intelligent, fréquentable : le recreux des femmes me reste une zone prohibée ; elles ne m'aiment pas, me fuient sans cesse, je ne parviens pas à les faire rire. Elles se sauvent devant moi, se plaignent de moi, rient derrière moi. Que faire ? Je n'ai pas envie de mourir ce matin. Demain soir, peut-être. Je veux tenter une dernière fois d'approcher une entité qui m'aimerait et qui ne soit ni un chien, ni un chat, ni un cochon d'Inde : un humain. Un humain de sexe non masculin. Avec qui faire ma vie, passer une nuit. Un humain qui serait une femme et à l'intérieur duquel je pourrais, comme n'importe qui, laisser éclater cette joie que je ne mérite pas, mais à laquelle j'aspire. »

J'ouvris une bouteille de whisky bon marché ; il était sept heures du matin quand je la vidai tout à fait. Derrière mes persiennes, que quelques doigts de soleil parvenaient à franchir, je sentais que la vie avait repris ses droits : une flaque de bruits, de mouvements, de problèmes et de situations me donna le tournis. Je pris une douche glacée, fis un léger malaise, ouvris la fenêtre, fus pris d'une angoisse démesurée : ce qui se hissait devant moi, tel un géant sans contours, c'était tout simplement la journée – une journée à vivre, tout entière, sans pouvoir s'en échapper.

6. – Sophie Monpazier avait été violée deux fois. La première, à treize ans, par son père ; la seconde, à quinze ans, par son père et son oncle. On apercevait ces viols dans ses yeux. Sa maturité était supérieure à la mienne. J'avais essayé de l'embrasser lors d'une soirée mousse organisée par le bureau des élèves. Je l'avais soulevée de terre, tournoyant sur moi-même sur un tempo endiablé de musique disco. Gênée, elle m'avait donné des coups sur l'épaule afin que je la libérasse de mon étreinte incongrue.

J'étais vêtu ce soir-là d'un tee-shirt à l'effigie de Louis-Ferdinand Céline que, pour vingt francs, une société m'avait confectionné sur mesure. Il suffisait d'apporter une photographie : Shop 2000 la reproduisait sur le vêtement. Une partie de mon argent s'engouffrait dans ce commerce. Je m'affichai, mes idoles en étendard : Gide, Roland Kirk, Frank Zappa, Martin Heidegger, Charles Péguy, Rainer Werner Fassbinder, Sacha Guitry, Jean-Paul Sartre,

Roberto Rossellini, Georges Bataille, Fred Hoyle, Francis Ponge… Après la soirée (elle s'était tenue à Épernay), saoul comme une barrique, je rentrai en auto-stop. Un trio de la promotion antérieure à la mienne me prit puis, s'avisant du tee-shirt que je portais, me pria de dégager. « Salaud ! Pourriture ! Antisémite ! »

Je finis par trouver un vélo abandonné, à la roue voilée, puis effectuai les vingt-cinq kilomètres en pédalant. Les étudiants motorisés qui me reconnaissaient en me doublant me klaxonnèrent, m'insultèrent, me raillèrent. L'ostracisme dont je faisais l'objet faisait ma fierté en même temps qu'il m'attristait ; j'étais pris au piège de ma pose. Pour exister, je fus obligé d'amplifier mes tares. Je surjouai la déchéance, embrassant les aberrations. Ce positionnement « marketing », fit de moi un personnage repoussant qui ne manqua pas d'attirer une poignée individus aussi peu taillés que moi pour les études commerciales. Jean-François Caillette fut de ceux-là ; je devins le point de ralliement d'autres robinsons : Philippe Kassel, Stéphane Laugier deviendraient des amis – ainsi qu'Éric Mignot. Je les fréquente encore.

Je me souviens de Julien Garabédian. C'est lui, Garabédian, qui m'avait présenté Sophie Monpazier. Il en était tombé raide amoureux lors d'une réunion de « Destination risque », association à laquelle il s'était inscrit. « Destination risque » avait pour but d'organiser des « week-ends aventure », faits de périples, de cascades, de sauts à l'élastique.

Un jeudi de roux automne, je suivis Sophie Monpazier qui rentrait chez elle en traversant le parc Saint-John Perse. Je tentai de la séduire en rivalisant d'humour, de citations d'auteurs, de références érudites, de mots abscons. Elle me prit pour un fou. Je n'osai lui avouer qu'elle me plaisait. Rien de ce que j'étais ne pénétra sa sensibilité ni ne suscita son intérêt. Je ne parvins pas à exister en elle. Mon éloquence s'évapora dans l'air froid.

Nous devînmes amis. Un soir que je dormais chez elle après avoir trop bu, je tentai, tandis qu'elle dormait, d'aposer mes lèvres sur ses lèvres. Elle se réveilla à l'instant où ma peau allait entrer en contact avec la sienne. « Ne fais plus ça… Jamais. » J'arguai qu'il n'y avait « tout de même pas viol » ; elle se mit à pleurer. Je n'osai l'enlacer. Elle se leva, se rendit dans la salle de bains, alluma la lumière (néon grésillant, lumière chirurgicale), exhiba ses poignets : depuis son adolescence, elle se tailladait régulièrement les veines à l'aide d'une épingle à nourrice. « Je survis », lâcha-t-elle ; elle but au robinet (« Tu ne trouves pas que l'eau possède un goût de lessive, à Reims ? À Strasbourg, elle est meilleure »). Je me confondis en excuses. Elle plaça son index sur mes lèvres ; l'incident était clos. Je fus autorisé à dormir avec elle – blotti contre elle. Je me sentis bander. Effrayé, je me décollai de ses fesses. À l'aube, j'allai acheter des croissants qu'elle ne goûta pas. Les jours qui suivirent, le regard éteint, elle faisait mine de s'amuser avec ses amies, de s'intéresser aux cours de méthode quantitative d'aide à la décision (MQAD). Je m'en voulais aux larmes : par mon geste insensé, j'avais ouvert à neuf sa plaie. Sentant mon haleine s'approcher de sa belle bouche, elle avait revécu l'impossible. J'avais par ce frôlement reconvoqué son père, son oncle – son drame.

Sophie Monpazier resta proche de moi mais quelque chose s'était brisé. Elle s'intéressa à la méditation. Elle priait à sa façon, les jambes croisées en tailleur, respirait fort en récitant des incantations que je ne comprenais pas. Elle reprit le piano, où elle avait excellé jadis mais qu'elle avait abandonné en classe de terminale. Elle survolait en riant mes poèmes. Elle me félicitait pour les dessins dont j'ornais son appartement minuscule ; dans son salon, nous fumions et je toussais. Elle prenait des somnifères roses et des cachets beige.

Un soir de mars, elle m'offrit un concerto ; dans la salle du foyer de l'école, abandonnée de tous pour cause de vacances scolaires, elle joua spécialement pour moi : Chopin, Schumann, Scriabine – elle détestait mon cher Liszt. Dans un recoin, sur le canapé défoncé où avaient eu lieu tant d'excès, elle évoqua sa famille. Sa sœur, Amélie, était en train de se battre contre un cancer de l'œsophage. Sa mère et son père s'écharpaient ; le père, ingénieur des eaux et forêts, avait également abusé d'Amélie. Ce secret n'avait jamais été éventé. Nul n'avait porté plainte. Le frère de sa mère, Jacky, jardinier municipal, participait à des « parties fines » ; un dimanche, ils avaient emmené les deux adolescentes et les avaient livrées à un groupe d'amis, hommes et femmes de tous âges. Sophie et Amélie s'étaient d'abord laissé faire, hébétées, puis, s'étant avisées que tout cela n'était guère normal, avaient protesté, pleuré, imploré – hurlé. Le père et l'oncle, après les avoir rabrouées, les avaient soustraites au nombre et, imprégnés de champagne et de vin, les avaient embrassées, pelotées et pénétrées à l'arrière de la fourgonnette de Jacky, parmi les tarières, les brouettes, les épandeurs, les semoirs. Amélie, de deux ans la cadette de Sophie, s'était saisie d'une serfouette qu'elle avait plantée dans la nuque de l'oncle.

La première fois que Sophie avait été violée par son père, ç'avait été dans un contexte fort différent. Il était venu la chercher à la sortie de l'école et s'était rendu dans un bistro tout proche pour empocher l'argent d'un pari. Offrant sa tournée générale tandis que Sophie, sur une table, essayait malgré le brouhaha de se concentrer sur ses devoirs, il l'avait embrassée devant tout le monde – un ivrogne de ses comparses lui avait lancé, en défi : « Deux cents balles que tu n'es pas capable de rouler un patin à ta mioche ! » Le père, ivre et bravache, s'était exécuté. Sur le chemin du retour, surpris par le goût de fraise de la bouche de sa fille, il s'était excité tout seul, tenant son sexe dans sa main pendant qu'il conduisait, avait arrêté le véhicule sur un chemin de terre, et avait forcé l'adolescente à accueillir son attribut dans sa petite bouche. Terrorisée, elle avait refusé. Il l'avait giflée puis, la saisissant par les cheveux, avait achevé la besogne en s'en servant comme d'une poupée inanimée, morte – consentante.

Quand son plaisir fut atteint, il regarda, rebouclant sa ceinture, sa propre fille avec un regard de tueur. Il menaça de l'abandonner dans un foyer si jamais elle racontait cet épisode. Ce viol n'eut pas d'incidence sur les résultats scolaires de Sophie ; mais elle luttait depuis entre la tentation de vivre et l'hypothèse de se supprimer. Le piano lui avait offert une respiration ; elle aimait Hugo, Lamartine, Chateaubriand.

Il y a cinq ans, invité chez mon ami Éric Mignot, dont elle était également proche, nous voulûmes, en hommage à nos commerciales années, faire un canular téléphonique à Sophie (nous passions à Reims beaucoup de temps à de telles blagues, dont certaines furent de véritables chefs-d'œuvre). Nous consultâmes l'annuaire des anciens. Éric composa le numéro. Je me concentrai. Je voulais me faire passer pour un diplômé de notre promotion amoureux d'elle depuis plus de vingt ans et qui l'appelait après toutes ces années pour la demander en mariage. Nous tombâmes sur une voix d'homme enrouée. C'était son mari, ancien de l'École supérieure de commerce de Rouen. « Je voudrais parler à Sophie, s'il vous plaît. – De la part ? – De Henri Taché. Je suis de sa promotion. J'ai quelque chose d'important à lui dire. » La voix nous expliqua que cela ne serait pas possible. Sophie était allée se noyer deux semaines plus tôt, emportant dans la mort ses deux enfants, des jumeaux, qui, selon le mot qu'elle avait laissé le matin du drame sur la table de la cuisine, étaient « toute sa vie ».

7. – Julien Garabédian se voulait poète ; il était bègue ; ses cheveux, denses et noirs. Il avait effectué des stages de *Gestalt* en piscine d'eau chaude et s'était inscrit dans un cours d'analyse transactionnelle dans lequel on conseillait de frapper sur les autres de toutes ses forces au travers d'un matelas. Garabédian était un lecteur assidu de Rabindranath Tagore (que je connaissais parce qu'André Gide l'avait traduit) et de Wilhelm Reich. Il apprenait par cœur, dans son studio situé sur le campus – l'École supérieure de Reims avait, quelques années avant que je ne l'intégrasse, fait construire, via l'Association pour la Couverture des Besoins non satisfaits dans le domaine de l'Hébergement et de l'Accueil (ACOBHA), un ensemble de logements modestes qui présentaient l'avantage d'être situés à quelques mètres des amphithéâtres et des salles de cours.

Garabédian sous la neige, parc Saint-John Perse, à la fin de janvier : c'est cette promenade que je me rappelle, dans l'hiver bleuté. Il portait des moufles, des bottines fourrées et songeait à s'inscrire au karaté pour « agrémenter son karma » d'une « capacité à riposter à l'agression ». Garabédian était trapu, arborant un visage anguleux au nez prononcé. Son regard oscillait sans cesse entre celui d'un serial killer et celui d'une biche égarée. Il était tombé en pâmoison devant une fille de notre promotion, Géraldine Lebon, à qui il adressait des poèmes hindous. La plupart évoquaient le temps qui passe, la folie du monde, les avantages d'une respiration régulière et maîtrisée. « Je vais la… la… sé-séduire demain, me lança-t-il parmi les flocons tournoyant comme des lucioles. Demain, oui, à la… à la “soirée cab”. Je vais… je vais… tout donner… » Nous désignions alors par « soirée cab » la soirée cabaret qui avait lieu dans une salle de concert municipale louée pour l'occasion par le bureau des élèves.

Garabédian avait prévu d'y chanter seul sur scène *a capella*. Une ritournelle franchouillarde, triste à mourir, suivie d'une chanson d'un rocker et poète américain réputé pour son addiction à l'héroïne. Il avait répété pendant des semaines et, les pieds dans la neige, avalant les flocons en pivotant sur lui-même, heureux comme un enfant, il s'agenouilla, les bras levés vers le ciel. Il se livra à une oraison mystique et bégayée dans laquelle il fut question d'amour, d'avenir, des trésors enfouis chez chacun et de la cristalline beauté de Géraldine Lebon. Je fus effaré que Garabédian ne s'aperçût pas du décalage entre la diaphane pureté de ses élans et le réceptacle féminin censé les recueillir. Nulle jeune femme, à vrai dire, ne me semblait plus étrangère à ces saillies lyriques, à ces gesticulations magnifiques et à ces hommages élucubrés que cette Géraldine-là, prioritairement vouée aux problèmes de fiscalité, aux exercices de finance – aux études de marché.

Je tentai de mettre Garabédian en garde : cette fille cherchait un banquier, pas un ménestrel. « J'ai… j'ai la foi ! » dégoisa-t-il, crevant le ciel avec son poing. Ses bottines laissaient des cicatrices dentelées dans la neige. Nous évoquâmes son avenir : il souhaitait, l'été prochain, parcourir la route 66 en auto-stop et tenir de son périple un journal de bord rédigé en huitains. Il achèverait ses vacances dans un ashram, en Inde, entre yoga et méditation. Il s'assit en tailleur sur le sol maculé de neige et décréta que le froid n'était qu'une sensation arbitraire qu'on pouvait, par la force du mental, congédier en convoquant la torpeur des Saharas. Il resta concentré dix minutes, visage violet, se focalisant sur sa respiration ; inspirant, il se leva gelé, de mauvaise foi : « Intérieurement, il faut que tu saches que je suis en… en sueur… » Il ajouta « mon frère » pour ponctuer sa phrase.

Sur le chemin du retour, son bégaiement fut accentué par des claquements de dents. Il disserta sur l'amour du prochain et les tempêtes de neige, insistant sur le fait que le vent était une entité avec laquelle il se sentait en harmonie. « Elle sera… la… c'est la mère de mes enfants… » soupira-t-il à propos de Géraldine Lebon. Il l'avait repérée dès le premier jour, s'était arrangé pour être assis à côté d'elle lors de la présentation dans l'amphithéâtre, lui avait chuchoté à l'oreille des alexandrins. Il avait cru entrevoir dans le sourire qu'elle lui avait adressé un signe d'encouragement ; il pensait avoir posé en elle un décisif jalon.

Garabédian faisait partie de ces êtres pour qui le ridicule ne signifie guère davantage que le savon de Marseille pour un crapaud. Il m'avait suffi d'une seconde pour deviner qu'il allait, perdu dans ses chimères, se fracasser – en la personne inintéressante, inconsistante, insensible de Géraldine Lebon – contre un mur d'indifférence. Je ne lui jetai point la pierre ; rien n'est plus aisé que de saisir ces aberrations de l'extérieur. Combien de fois, dans mon encore jeune vie, n'avais-je été la victime de mes projections, finissant carbonisé sur le bas-côté ? Garabédian s'était cousu sur le cœur une Géraldine Lebon qui n'avait jamais existé. Le sourire amoureux qu'il affichait sur son faciès héroïque et décidé me fit penser au teint radieux des Poilus qui, chantant la Carmagnole au milieu des bouquets de lilas lancés sur leur chemin vers la gare de l'Est par de petites poupées à nattes les dévorant d'admiration parmi les hourras, ignoraient que les attendaient les barbelés, les éclats de shrapnels, les rats, la boue, le typhus – la mort.

Garabédian, le lendemain, effectua six positions de yoga suivies de trois prières ; il joua de la guitare acoustique et du kazoo. Prit une douche glacée selon son habitude. Il relut lentement, en anglais, un poème de Dylan Thomas, se prépara un thé vert qu'il agrémenta de citron frais. Il m'appela vers midi pour m'entretenir du cri. Le cri, à ses yeux, était un souffle atrophié. C'était la respiration du Mal. Il me proposa d'aller courir ; je refusai : je n'avais pas encore dormi, ayant passé la nuit à boire du whisky en écoutant Alban Berg. La musique atonale, qui était peut-être une escroquerie, me permettait de m'enfoncer plus encore dans le néant : la laideur des sonorités, la tristesse des dissonances, l'abyssal ennui qui se dégageait de cet univers acoustique établi par des Autrichiens dépressifs, tout cela contribuait à multiplier ma désespérance. Je me doutais que cette musique était une impasse, que ses compositeurs avaient substitué la pulsion de mort à la pulsion de vie, que passer des heures à prendre au sérieux leurs œuvres en les écoutant seul dans sa chambre était une manière, lâche et passive, snob et hautaine, de se débarrasser de l'existence ; mais le *Pierrot lunaire* ou *Wozzeck* remplissaient à la perfection leur mission : combler mon masochisme, m'attrister complaisamment sur mon sort d'oublié de l'amour et de radié du succès.

Le chétif halo d'espoir que je m'étais inculqué, à force d'autopersuasion (devenir un Roger – Vailland, Caillois, Gilbert-Lecomte –, faire aussi bien que Bataille, succéder à Gide, continuer Péguy), s'était éteint tout seul, remplacé par les saouleries, la déprime, les marches insensées dans la ville morte – les pleurs.

La soirée cab se présentait bien. Martial Frichtaux, devenu depuis directeur du marketing de Le Chat Machine, avait inauguré le spectacle par un blues bancal en mi. Il jouait sur une Gibson qui semblait le mépriser. Elle avait été conçue dans un atelier du Mississippi pour faire carrière entre les mains d'Eric Clapton et devrait se contenter de celles, satisfaites et boudinées, approximatives et frimeuses, de Frichtaux Martial. Olivier Kayanne, connu pour son haleine putréfactive, nous gratifia d'une séance d'imitations poussive, où il incarna tour à tour Georges Marchais, Jacques Chirac et François Mitterrand. Suivirent d'inconsistantes prestations : tours de magie, sketchs, tombola…

Vint le tour de Garabédian ; muni de Ray-Ban, le torse nu sous un blouson de cuir, micro à pied en main, semblable à ses idoles new-yorkaises, il donna tout, se contorsionnant, passant sa main sur son torse, sur son sexe. Ses mimiques, exagérées, l'avancée proéminente de ses lèvres vers le public, prouvaient qu'il s'était catapulté lui-même très loin de Reims, sur une exoplanète qui l'avait élu comme unique population. S'avançant vers le premier rang de l'assemblée où il avait repéré Géraldine Lebon, il l'empoigna par le bras et la fit, ainsi que le font les légendes du rock, monter sur la scène. Devant toute la promotion, grimaçant, se lovant autour de sa proie, lui caressant le visage et les cheveux, il tenta sans crier gare de l'embrasser sur la bouche.

Géraldine Lebon s'arracha de cette gangue avec énergie, se débattant comme on chasse un essaim de guêpes en attaque. L'amoureux, pour ne point perdre de sa superbe, essaya d'abord de la retenir tout en continuant de chanter. Frichtaux, qui accordait sa

Gibson dans les coulisses, surgit de derrière le rideau et les sépara, emportant la belle avec lui. On entendit des sifflets, des applaudissements, des huées, ne sachant qui sifflait quoi, qui applaudissait qui, ni ce qu'exactement on huait. Un silence se fit, semblable à celui qu'enferment les paysages de neige.

Garabédian se laissa tomber sur les genoux ; la poursuite rouge le rendit incandescent. Il était désormais seul sur la scène ; trois cents personnes le fixaient. La masse agglutinée des futurs diplômés se reflétait dans ses fausses Ray-Ban. La tête en arrière, les bras écartés, paumes retournées vers le ciel, il poussa un hurlement de bête blessée qui vrille encore mes tympans, trente ans après, les nuits où je me souviens que le bonheur n'existe pas.

8. – Je haïssais le printemps. La venue des beaux jours m'horrifiait. Cette façon qu'a le soleil de frapper les choses, les laissant pour mortes. La substance solaire est impossible. Carapaté dans l'hiver, emprisonné, perclus au fond du noir, avec une simple lampe pour éclairer le monde, je pouvais m'accrocher à la vie – en l'écrivant. Les jours bleus procuraient une obligation de sortir pour « profiter du soleil » qui me dégoûtait. Tantôt je fermais les volets pour faire durer la nuit, tantôt je m'arrachais à mon antre, incapable de goûter aux joies simples de l'existence. J'eusse donné des millions pour que l'automne et ses pluies durent cent ans, que la nuit s'abatte à cinq heures du soir sur la ville, que le givre enveloppe le monde à jamais.

Amaury Gillon passait la plupart de ses jours enfermé. Il détestait l'école et avait décidé de vivre en ermite. Comme moi, il se levait à dix-neuf heures ; comme moi, il passait ses nuits à tourner en rond, à boire, à se masturber. Comme moi, il ne possédait pas la télévision. Il ne lisait pas. Il préférait s'immerger dans la presse. Intoxiqué aux nouvelles, il lui fallait tout savoir à flux tendu. Son transistor était allumé jour et nuit. Il attendait les flashes d'information en trépignant, comme si le monde était une série à suspense, avec ses acteurs, ses rebondissements, ses fins heureuses, ses hoquets tragiques. Gillon n'avait pas compris que les informations ne sont que des bruits, que l'existence humaine consiste à trouver la longueur d'onde de son silence intime. Parler, analyser, ratiociner, commenter : rien de tout cela ne valait la mélancolie, la résignation aux catastrophes, la retraite studieuse, une feuille de papier à portée de main, un Bataille sous le bras. Je rêvais d'une grotte, saturée de livres, lus ou à lire, avec une existence à remplir, influencé par mes dieux ; me retirer dans cette réalité parallèle où je serais seul et génial, imitant exsangue les faramineuses manies de Vailland, de Daumal, de Caillois – de Gilbert-Lecomte.

Ce n'était pas le monde que je voulais contempler : mais moi-même, mon petit être abruti de lectures, ma personne minuscule qui n'avait rien vécu du tout. Il fallait à tout prix que ma précocité fût connue avant que l'âge ne vînt la recouvrir d'obsolescence. Rien n'est plus ridicule qu'un surdoué de cinquante ans. Il me restait peu d'années pour que ma jeunesse et ma littérature, main dans la main, inséparables l'une de l'autre, s'imposent à mes contemporains. Je n'avais rien écrit de publiable, mais j'étais serein : la publication ne serait que l'adoubement de mes dons – leur officialisation. Je me vivais en écrivain, tant et si bien que je fus tantôt répertorié comme tel à l'école. Par la simple pose, la production de textes râpeux dans la feuille de chou mensuelle – *L'Escroc* –, j'obtins le statut dont je rêvais depuis l'enfance. Dans *L'Escroc*, je moquai, vilipendai, assassinai Arnaud Lechique, Florian Stuck ou Jérémie Darolles. J'étais stupide : eux étaient à leur place. C'était moi l'intrus. J'eusse dû démissionner. Je m'engonçai dans une nasse de ratage, confronté à des horizons qui me taraudaient (achever mon premier roman) et leur préférant les nuits blanches, les canulars téléphoniques, les errances urbaines, les entreprises de séduction lamentables, les plaisanteries de mauvais goût, l'ennui pur, l'engloutissement gratuit de mille jéroboams de champagne.

Amaury Gillon partageait ces angoisses : sensation d'avoir atterri au milieu de nulle part, incapacité de se projeter dans l'avenir, estime de soi assassinée. Caillette, Garabédian, Gillon et moi faisions partie de ce clan des réprouvés. Nous n'étions que des rebuts aux yeux des filles. Nous baissions les yeux lorsqu'une d'entre elles nous plaisait.

Un sortilège m'avait privé pour toujours des secrets du corps féminin ; je resterais l'homme de la contemplation au milieu des hommes de la malaxation, de l'intromission – de la fellation.

Gillon avait entassé dans un coin de son studio de l'ACOBHA quantité de revues pornographiques ; toutes trahissaient son tropisme pour les seins monstrueux. Dans la pénombre de ses nuits, il contemplait ses trésors en suant, s'imaginant qu'il aurait un jour la chance de connaître des sensations vraies dans des corps réels. Gillon avait échoué aux écoles parisiennes à *presque* rien, comme beaucoup d'entre nous – comme tous les ratés, il était un « presque ».

Les mains enfoncées dans les poches, on le voyait parcourir le campus se parlant à lui-même. Il se récitait des discours – ceux qu'il adresserait après deux bières tièdes à de pâles filles de la promotion qui l'éconduiraient. Les femmes lisaient en nous : nos regards affamés, nos yeux tristes, notre mine défaite et défaitiste les faisaient détaler. Interdits de chair, de frissons, de plaisirs, nous rentrions chez nous par les rues vides et mal éclairées. Aux soirées sponsorisées par Mumm nous buvions comme des trous. Nous nous saoulions pour trouver le cran d'aller aborder celles qui nous plaisaient (et que nous retournions dans tous les sens en leur absence, dans le secret de nos secousses recommencées) : nous rentrions bredouilles, titubant, vomissant, tombant. Nous remettions ça deux jours plus tard. Nous étions des recommencements.

Gillon déserta peu à peu toute présence dans l'enceinte de l'établissement, parvenant à battre mes propres records. Je le croisais entre deux voitures, sur le parking, ou dans le parc Saint-John Perse. Son regard me fuyait ; il était secoué de petits rires. Il se droguait. Dans ses yeux stagnaient des paquets d'eau glauque. Il fit une overdose sous mes yeux, un vendredi après-midi où nous avions séché les partiels. Ses yeux avaient quitté son regard ; c'était un spectre aveugle qui me fixait. Il se mit à baver comme un bébé. Couché sur le sol, caressé par les rayons du soleil, ses jambes se mirent à s'agiter telles deux bêtes nerveuses. Il serra un coussin de toutes ses forces, émit des paroles dont la logique m'échappa. Il parla, parla, s'agrippant à mon avant-bras. J'appelai le Samu qui fut long à venir.

Gillon s'absenta trois semaines, puis revint à l'école. Il commença à m'adresser des menaces de mort qui, bien qu'anonymes, portaient la marque de son identifiable désespoir. Dans de délirantes incantations, il décrivait mon cadavre au milieu des champs, dans un puits, ou gisant sur un tapis de tessons. Un soir, me saisissant de mon courrier, je hurlai ; je venais de me piquer avec une seringue. C'était Gillon qui l'y avait déposée. Je me rendis chez lui et le rouai de coups. Il hurlait, jurant « sur la tête de sa mère » que ce n'était pas lui. Je le jetai dans la baignoire, menaçant de le noyer ; je me rendis à l'hôpital où l'on m'invita à revenir quinze jours plus tard. Je n'attrapai rien.

Un dimanche matin, à huit heures (je m'étais endormi à six heures), on sonna à la porte de ma masure. Mon studio était devenu un taudis ; je ne lavais jamais le sol, ni ne faisais la vaisselle. De la sauce ravioli, encroûtée sur les assiettes, restait en suspens dans l'eau rouille, créant à la surface des moisissures flottantes qui dégageaient une odeur de fœtus mort. Des vêtements sales, en boule, encombraient la pièce, se mélangeant aux livres, aux dessins, aux magazines de bandes dessinées, aux journaux. Je me levai pour ouvrir, le cœur palpitant – j'avais toujours établi un rapport, fumeux mais évident, entre les gens qui sonnaient chez moi à l'improviste et la Gestapo. Aujourd'hui encore, je me sens juif quand la sonnette retentit.

C'était Gillon. Il apportait des croissants, du jus d'orange chimique et une bouteille de vodka bon marché. Il entama, pleurnichant, une supplication sans fin. Il s'en voudrait toute sa vie de m'avoir fait ça ; il serait capable, pour expier sa méchanceté, de s'engager dans la Légion. Il me conjura de le frapper à un endroit de mon choix afin que nous fussions quittes. Je le giflai violemment et lui demandai de partir. Vexé que je l'eusse pris au mot ou inventant, par peur de se retrouver dehors en compagnie de lui-même, une manière de ne point me quitter, il prit son élan et alla se fracasser le crâne contre le mur attenant à ma salle de bains. Quand il se retourna, j'eus l'impression qu'il avait embrassé un écorché. Le sang coulait de ses cheveux, dessinant de longues et fines pattes d'araignée qui ne cessaient de s'allonger. Il réitéra l'opération puis, parfaitement sonné, se saisit d'un cutter dépassant d'un tas de polycopiés que j'avais laissé sur mon bureau. Il fonça sur moi mais, pendant sa course, glissa sur un feutre et tomba ; sa tête percuta le pied de mon lit. Gillon perdit connaissance. Je le secouai, le giflai. Il ouvrit les yeux, me sourit, les dents recouvertes de sang : « Tu vois ce que ça nous fait faire ?… de rater nos vies. »

9. – Nulle trace de mer à Reims ; la mer, c'était l'étendue, mouvante et capricieuse, des filles qui se refusaient à nos pauvres propositions. Je vivais une vie de galet. Je n'existais pratiquement pas. Patrice Millevoye, un deuxième année qui passait pour le paria de sa promotion, avait découvert, pour égayer sa chair et remplir ses heures, qu'un gant de toilette empli de spaghettis tièdes offrait une alternative intéressante à la biologie féminine. Surveillant ses pâtes sur le feu, il grimaçait de joie à l'idée que ses plaques de cuisson collaborassent à reconstituer, pour une poignée de francs et de sel, les sensations d'un vit *in vagino*.

Le temps n'existait pas. Rien n'avait d'importance. Aucune surprise n'advenait. Nous n'avions ni obligations, ni envies, ni besoins. Je passais du temps avec Caillette, Garabédian, Gillon ; je les trouvais moins veules et moins adultes que les autres. Vint s'adjoindre à nous un Bulgare à glotte saillante et lunettes épaisses. Il était installé, comme Caillette et les deux « G », à l'ACOBHA. Son studio était crasseux et empestait le sperme. Des journaux de sport gisaient sur le sol ; des pots de yaourts vides trônaient sur le rebord de la fenêtre. Il s'appelait Alain Martinoff. Je lui suggérai d'écrire un roman : il possédait un beau nom d'écrivain. J'avais toujours défendu la thèse selon laquelle prénom et nom d'un écrivain se devaient de « claquer ». Il ne servait à rien d'écrire de grands livres si la signature de l'auteur sonnait mal aux oreilles. Celui qui n'était point capable de s'inventer une identité sonore, un pseudonyme harmonique, ne pouvait prétendre à la postérité littéraire. Il existait peu de contre-exemples à ma théorie : André Gide, Charles Péguy, Fédor Dostoïevski, James Joyce, Donatien Alphonse François de Sade, Georges Bataille, Roger Gilbert-Lecomte, Louis-Ferdinand Céline, Jean-Paul Sartre, Patrick Grainville, Francis Ponge, Martin Heidegger : mes dieux sonnaient. Pourquoi commençait-on à oublier André Maurois, François Mauriac, Alphonse Daudet ? Parce que leurs noms ressemblaient (André Maurois était un nom de plume, qu'importe) à ceux des annuaires. Les jazzmen ne s'étaient jamais trompés : leur musique était le prolongement de leur nom de scène. Le prononcer était déjà de la musique.

Alain Martinoff n'écrivit jamais une ligne. Il m'avoua un soir, au restaurant universitaire (le soleil rouge vif derrière la baie vitrée m'avait fait penser à l'Amérique), se masturber dix à quinze fois par jour. Il buvait peu d'alcool, mais raffolait du jus des cornichons en conserve. Il errait dans les couloirs de l'école à la recherche d'une conversation. Sa braguette bâillait ; des taches blanchâtres trahissaient au pourtour du bas-ventre la frénétique façon qu'il avait de justifier sa présence dérisoire parmi le vaste monde. Il affichait un sourire hagard et, fort apprécié des autres étudiants, ne médisait jamais d'eux. Timide, Martinoff eût été incapable de demander l'heure à une fille. Sans être homosexuel, il avait choisi la compagnie des hommes pour ne point s'exposer à la terreur que lui inspirait le beau sexe. Il m'avait révélé son calcul : un jour viendrait où, par méprise, une femme s'offrirait à lui ; il se concentrerait alors sur elle et ne la lâcherait plus, conscient que ce genre de miracle, de malentendu, n'adviendrait qu'une seule et unique fois dans une existence comme la sienne. « Je n'ai rien pour moi », m'avoua-t-il ; ces paroles, qu'il aimait à réitérer, me pinçaient le cœur. Il avait raison : tout était étriqué dans cette biographie sans biographe. Je ne valais guère mieux. Nous n'étions pas séduisants, un diplôme calamiteux nous attendait, les filles ne nous envisageaient pas, nous ne disposions d'aucun talent (je prétendais avoir du génie, ce qui me dispensait d'avoir du talent). Nous étions jeunes – mais nous ne le savions pas.

Chaque jeudi, le bureau des élèves organisait une « chouille ». Cela consistait à boire n'importe quoi et à danser n'importe comment. Martinoff ne buvait ni ne dansait. Il regardait. Il se détachait du décor, prodigieusement triste dans son sourire béat ; pas la moindre haine ne se dégageait de lui. Il aimait jouer aux échecs et fuyait les miroirs. « Nous sommes laids, non ? » J'avais détesté cette façon qu'il avait eue de m'englober dans sa disgrâce. Du moins était-il lucide : aucune fille ne souhaitait nous caresser ni se laisser caresser par nous. Une cage de verre les isolait de nos mains ; nous n'avions pas le droit de toucher. C'est pourquoi nous nous touchions nous-mêmes. Tel était notre horizon érotique : l'onanisme. Nous ne savions plus quoi faire pour en varier les effets, en modifier le frisson ; nous jouissions sans arrêt de la même manière. Il ne s'agissait pas d'une sexualité convaincante. « Coucher » devint une obsession. Les « baiseurs » nous paraissaient des dieux – leurs prouesses, inaccessibles.

Je me réfugiai comme toujours dans les livres, Caillette dans la fonte à soulever, Garabédian dans les poèmes *a capella*, Martinoff dans la mécanique besogneuse des attouchements sur soi. Rien ne venait nous délivrer du désespoir, hors l'assurance que cela aurait une fin, qu'une fois le diplôme en poche nous pourrions peut-être ressembler à nos vies.

Que voulions-nous être ? Des guêpes, des orchidées, des hommes ? Je ne voulais qu'être beau et couvert de succès ; il eût fallu pour cela que je fusse un autre. Trop tard. Martinoff avait envisagé le suicide à maintes reprises. Chaque fois qu'il avait franchi un pas sérieux vers les ténèbres, l'idée de causer du chagrin à sa sœur cadette, Emilia, l'avait fait reculer. Nous ne parvenions pas à exister, nous n'avions pas le cran de mourir. Que restait-il ?

Nos destins seraient horribles. Caillette finirait chef de rayon au Cora de Cormontreuil, Garabédian ferait de l'audit chez KPMG, Martinoff du marketing chez Lustucru et moi, rien. Nous avions commis le crime d'être les débris de l'élite. Trop brillants pour accepter ce qui nous attendait, pas suffisamment pour aspirer à autre chose. Nous nous achevions à la bière chaude, au Malibu, le rire malade, le visage livide, dégueulant, braillant, jurant. Chacun finissait par rentrer dans sa cahute, plongeant dans un sommeil non point réparateur, mais salvateur : un sommeil si profond qu'il nous soustrayait du monde.

Nous coïncidions, dans cet oubli de tout, avec ce que nous étions véritablement : des anomalies, des déchets – des larves.

Un samedi, à midi, Martinoff, le cerne épais et la langue chargée, vint pleurer dans mes bras. Il n'en pouvait plus. L'enseignement lui pesait ; il en avait sa claque des cours de finance et de fiscalité, des amphithéâtres où, sur un écran géant, étaient projetés des tableaux de chiffres et de statistiques. Il craquait ; il attendait de moi que j'enfonce le clou. Nous pleurâmes ensemble, affalés sur la table poisseuse qui me servait de bureau. Dehors, la rue solitaire était baignée d'une lumière graisseuse ; nous sentions la brûlure du soleil, un soleil épais, impitoyable, qui me rendait fou de tristesse. Ce soleil était une bête vivante qui voulait notre mort ; mourir de mélancolie me sembla ce samedi-là à notre portée. Pas un bruit, pas un mouvement de vie, pas une envie de vivre, pas une oscillation de joie – ce n'était pas tout à fait la mort, mais ce n'était pas complètement la vie.

Je brandis de sous mon lit une bouteille de pastis que nous vidâmes sans la mêler d'eau ; nous attendîmes que le bonheur vînt se déployer sous nos crânes. Rien ne se passa ; tout continua d'être normal et triste. La réalité était une grosse boule chaude, jaune, aveuglante. Martinoff me demanda ce qu'il eût pu faire pour être autre chose que lui ; on ne trouva pas. Nous butions sans arrêt contre la situation. Martinoff et moi n'étions pas équipés pour affronter, non tant le malheur, que l'absence totale de bonheur. Souffrir pour de bon, pour quelque chose de grave, nous eût occupés, eût opéré une trouée intéressante dans la toile de notre néant. Nous restâmes prostrés jusqu'au soir. Martinoff s'en alla vers minuit – seul. Il s'était mis en route, la démarche syncopée, vers des fiascos inédits.

10. – Garabédian nous avait conviés à prendre l'apéritif dans son gourbi. Martinoff était venu avec *L'Idiot* ; Caillette avait apporté un tube de lait concentré qu'il torturait pour qu'il lâchât d'ultimes gouttes lourdes, épaisses, beiges, sucrées. Gillon paraissait avoir pleuré toute la nuit. Nous étions réunis, au dernier étage d'un bâtiment de béton qui donnait sur la campagne rémoise. Garabédian nous récita un poème de son cru, quatrain d'une grande platitude. Martinoff demanda lequel d'entre nous avait révisé le droit des affaires. Nous débouchâmes une bouteille de cognac. Gillon nous expliqua comment ses parents s'étaient rencontrés. Caillette évoqua Kafka qui, lorsqu'il s'ennuyait, se levait et allait se laver les mains. Nous étions des laveurs de mains.

Garabédian voulait « relever la tête » : il nous proposa de sortir de notre coton, de nous arracher à notre tristesse en réalisant « quelque chose de fort ». Après avoir épluché la liste des actes courageux qu'il nous fût possible de réaliser, nous optâmes pour un saut. Ne restait plus qu'à trancher : parachute ? à l'élastique ? Caillette, ancien caporal-chef, nous convainquit que seul le saut en parachute serait « digne de nous ».

Gillon s'occupa des inscriptions ; nous fûmes conviés pour une session théorique à l'aérodrome de Reims. Le lieu était simple, composé d'un hangar et d'une pelouse mal tondue. Parmi les mauvaises herbes et le chiendent, on devinait une piste cimentée, craquelée par endroits. De petits avions de tourisme étaient disséminés çà et là, abandonnés des hommes et du ciel. Un moustachu aux dents gâtées, vieilli par sa tonsure, nous installa dans une salle minuscule et nous prodigua un cours sur les vents, la pression atmosphérique, les courants. Nous revînmes la semaine suivante, celle d'après ; l'instructeur insista pour que nous connussions le fonctionnement du moteur et les secrets de la mécanique. Nous ne pensions qu'à sauter. Le jour J arriva. Tout le monde était anxieux, à l'exception de Martinoff, qui avait répété les mouvements jusqu'à l'aube ; nous avions opté pour un véritable saut, seuls, sans être plaqués comme de béats koalas sur un moniteur qui profiterait de notre saut pour effectuer le sien. Nous n'aurions rien à faire : le parachute s'ouvrirait automatiquement au bout de quelques secondes.

L'engin vibrait dans le ciel froid ; je regrettai aussitôt d'être là. Je scrutai les autres : ils étaient plus courageux que moi – ils plaisantaient. Ils plaisantaient sur leur frousse mais ils plaisantaient. Je me taisais ; le moteur me vrillait les tympans. Gillon, qui venait de me poser la main sur l'épaule, ne fut plus qu'une épingle perdue dans une botte de nuages. Caillette, les bras écartés dans sa tenue rouge, hurlait de délivrance, de liberté – de joie. Garabédian, crâneur, dirigea son poing vers l'Olympe avant que de se fondre dans le vent qui le happa.

C'était mon tour. Je refusai – le moustachu m'empoigna par l'avant-bras : « Qu'est-ce que tu fous ? C'est à toi, bordel ! » Je désignai Martinoff : lui d'abord. Le moustachu me traita de « gonzesse » ; il fit un geste de colère et s'adressa à Martinoff qui disparut dans l'azur. Sous mes pieds, deux champignons de toile, jaune et vert, flottaient dans le ciel blanc : Caillette et Gillon planaient. Un monde me séparait d'eux.

L'instructeur abandonna tout espoir de me persuader ; il me fit des signes qui signifiaient que c'était tant pis pour moi, que je venais de rater une des plus belles expériences de ma vie. Il devint livide et se mit à hurler en direction du bas : « Le deuxième ! Ouvre le deuxième ! Le deuxième, putain de merde ! » Je me penchai vers le vide ; la première toile de Martinoff s'était ouverte en torche. Je l'aperçus, le temps de trois ou quatre secondes qui me paraissent durer encore, se vriller comme un torchon mouillé, rapetissant à vue d'œil ; ses cris diminuaient avec la distance. Le bruit du moteur les avala.

Le jour des obsèques, Garabédian tint à prononcer un discours dans lequel il reconnut sans bégaiement sa responsabilité dans la mort de notre camarade.

« Je ne connaissais pas très bien Alain, commença-t-il, mais s'il avait vécu, il serait devenu mon frère. Je l'avais convaincu d'effectuer ce saut et, comme à son habitude, il était partant. Non que le saut lui importait, mais c'était pour lui l'occasion de ne pas rester seul dans son petit studio. » La gorge de Garabédian se serra – il essuya une larme. Il fixa la mère et la petite sœur de Martinoff : « C'est de ma faute si Alain n'est plus là. »

Le soir, nous nous retrouvâmes entre ratés, Martinoff en moins, chez Garabédian. Gillon me demanda ce que j'avais vu. « Pas grand-chose. Il se vrillait. Il hurlait. » Martinoff avait tiré de toutes ses forces sur la languette de sécurité lorsque le premier parachute avait refusé de s'ouvrir ; il avait paniqué – rien n'avait marché comme prévu. Garabédian demanda si quelqu'un connaissait les goûts musicaux de Martinoff. Gillon répondit que lors du week-end d'intégration, il avait entendu, s'échappant du bungalow du mort, un morceau de William Sheller. Nous éclatâmes de rire. Ce rire dura longtemps.

Pendant quelques jours, je fus dans l'école considéré comme un héros. J'étais pourtant le seul qui n'avait pas eu le courage de sauter. J'avais été témoin du drame, cela me conférait une aura particulière ; les filles commencèrent de me parler. J'intéressais. Chaque fois que je relatais l'épisode, j'en rajoutais davantage. Je dramatisais. Je livrais des détails que jamais je n'eusse pu observer en réalité. Je décrivais des grimaces imaginaires, des gesticulations inventées ; je me faisais mousser. Je me rendis sur la tombe de Martinoff, à Étampes, pour lui expliquer mon raisonnement : le drame était irréparable mais autant qu'il servît à quelqu'un (Garabédian avait fait le déplacement avec moi) ; j'éclatai de rire, puis en sanglots. Un camarade avait perdu la vie par crainte de la rater ; il l'avait quittée pour avoir voulu la remplir. J'eus envie de me bagarrer. Garabédian et moi nous rendîmes dans un bistro miteux. Nous provoquâmes une rixe et mal nous en prit ; nous fûmes rossés. Nous nous retirâmes désossés.

Cette épreuve, au lieu que de nous séparer, resserra les liens entre Caillette, Gillon, Garabédian et moi. Nous formions le club de ceux qui pleuraient un de leurs membres. Gillon se rendit en cours avec un sweat-shirt à l'effigie de Martinoff. Nous continuâmes notre route vers l'anéantissement : l'ennui, étiré par les journées sans goût, continuait d'enfoncer son poinçon dans nos chairs. Nous étions posés sur des dates. Nous ne dormions pas ; je me rendais à la cathédrale pour lire et prier, bien que je ne crusse pas en Dieu. J'implorais Georges Bataille et Roger Caillois, leur silence et leur mort ; je respirais par eux. Je me rassurais : eux aussi avaient manqué mourir de trop de soleil et de trop de Reims.

Je commençai un roman qui se voulait poignant. La paresse eut le dessus. Une chape de plomb m'écrasait : Reims était un trou noir ; cette école, un cloaque. Nous imaginions Martinoff en train de se masturber dans sa tombe. Les cours défilaient ; on nous distribuait des fascicules parlant de « besoin de fonds de roulement », de « cœur de cible », de « provisions ». L'École supérieure de commerce de Reims représentait le *contraire* de l'œuvre de Georges

Bataille. Bataille avait écrit sur la dépense, la gratuité, la débauche ; ici, on enseignait la thésaurisation, le profit, l'épargne, la plus-value. Les saisons ne passaient pas ; le temps s'était arrêté. Je croisais parfois mon visage, en reflet, passant devant la vitrine de tel magasin ; je possédais le visage de qui ferait le grand saut. Je ne savais plus si j'étais trop lâche pour continuer de vivre ou point assez téméraire pour me donner la mort ; dans une rue dégoulinant de soleil, je m'assis et restai là, trois heures durant, sans penser à rien, à observer les passants.

DEUXIÈME ANNÉE

1. – La deuxième année commença mal. Une créature superbe venait d'intégrer l'école. Elle s'appelait Irena Domack. Je n'en pouvais plus de la croiser sans l'épouser ; j'étais prêt à tomber pour elle à la guerre, comme le lieutenant Péguy. Je courais souvent chez moi, fermant les yeux, pour la faire s'abandonner à mes caprices, couché sur mon carrelage, sur mon lit aux draps jamais lavés, étouffant mes râles solitaires avec l'oreiller.

J'étais fou d'Irena. Ses dents du bonheur, sa hanche chaloupée, son beau sang colorant ses joues. Je la fixais de mes yeux de chien trempé. Elle éclairait ma misérable présence sur terre. Je ne fus pas seul à la remarquer. Nous bizutâmes la nouvelle promotion à Najac ; les mâles s'empressèrent de lui parler, de la draguer, de lui démontrer leur génie. La tête basse, je faisais mine de ne pas remarquer sa grâce lorsque je la croisais – j'adorais son parfum.

Une immense angoisse s'empara de moi : il était scandaleux que cette fille ne m'appartînt pas, que je ne découvrisse pas le monde à ses côtés. Je repris goût à la vie grâce à elle sans qu'elle se doutât de quoi que ce fût.

Quand le président du bureau des élèves colla ses lèvres contre celles de ma belle, j'eus la sensation que devenir un criminel n'était qu'une formalité. Je fus épouvanté par cette fatalité ; il eût pourtant suffi que, moi aussi, je vinsse crâner devant elle, citant Michaux, Bataille, Leyris, Faulkner pour que ce fût dans mes bras, non dans ceux de Bruno Melou, qu'elle s'abandonnât. J'étais resté à distance ; je m'étais tenu, impuissant, immobile, mutique – à l'écart. J'avais assisté au triomphe d'un *autre*. Cet *autre* était plus beau que moi ; il était plus à l'aise. Sa prestation n'avait rien eu de spectaculaire – je n'en avais pas perdu une goutte. Il était allé chercher un gin tonic et un whisky. Pendant que la musique criait, il avait raconté n'importe quoi.

Je connaissais les thèmes qui plaisaient aux filles. Le big bang faisait son effet ; l'astrophysique m'avait souvent servi de support de séduction. J'expliquais pourquoi les galaxies s'éloignaient les unes des autres. Je pérorais sur l'effet Doppler et le décalage vers le rouge. Je n'oubliais pas l'histoire de la lumière, qui mettait si peu de temps à nous parvenir du ciel, mais qui cependant nous donnait à voir les étoiles telles qu'elles étaient à l'époque de François Ier. Cette débauche de matériau scientiste n'obéissait qu'à un seul objectif : « faire » l'amour.

Irena avait échappé à mes logorrhées ; un autre couchait avec elle. Je n'avais plus d'espoir. Je me saoulais avec de nouveaux camarades, m'étant peu à peu agrégé à une bande d'alcooliques, candidats malheureux lors des élections, au printemps de la première année, du bureau des élèves : les « Kro-Magnons », ainsi baptisés en raison de leur goût pour la Kronenbourg. Le groupe comptait notamment Alain Bon, Franz Zahler, Nicolas Darboux, Richard Elcano, Jérôme Daquin, Jean-François Stern. C'étaient des êtres qui buvaient, vomissaient, buvaient. Elcano, nu comme un ver, avait exhibé son sexe sur scène lors d'une soirée cab, puis l'avait enduit de pâté. Laure Bareuil, à quatre pattes devant deux cents étudiants en délire, était venue le lécher – il s'agissait d'un gage qu'elle avait récolté lors d'une épreuve de bizutage. Daquin, spécialiste du space cake, avait réalisé un clafoutis en mélangeant son sperme aux ingrédients. Darboux et Bon avaient organisé un safari photo d'un genre particulier : les bizuths devaient photographier leurs étrons pendant la semaine que dura cette nouba, puis, après avoir exposé les ignobles clichés sur un panneau géant, élire la plus belle production – Bon fut déclaré vainqueur ; il est aujourd'hui bénédictin.

Irena Domack, à mon attristée stupéfaction, avait pris beaucoup de plaisir à se voir imposer la tâche dégoûtante de faire partie de ce jury. Elle était scatophile ; cela fit baisser d'un cran la fascination que je cultivais à son endroit. Je la vis, hilare, pointant son stylo, commentant les photographies de déjections. J'en fis des cauchemars. Je décidai de l'oublier. Un matin, je reçus une lettre d'elle : elle m'admirait en secret, et n'osait me le dire en face ; elle me proposait, d'une écriture ronde et disproportionnée où les points sur les « i » ressemblaient à de petites bulles, de venir prendre, le soir qui me conviendrait, un gin tonic dans son petit appartement de la place d'Erlon. Je n'en revins pas – je tremblai. J'avertis Garabédian, Gillon et Caillette ; eux non plus ne trouvèrent pas les mots. La plus belle femme du monde serait bientôt dans mon lit, se pâmant, les yeux fixés sur mon torse, sa main sur mon vit. Il était temps de croire en moi. Je m'avisai de ce que, jusque-là, je ne m'étais point assez respecté. Il faudrait en finir avec le mépris que j'éprouvais à mon égard ; c'était là l'occasion rêvée.

Je téléphonai à Irena, tremblotant. Je tombai sur son répondeur. Sa voix diaphane invitait à ce qu'on laissât un message ; ce que je fis, proposant de lui rendre visible le dimanche suivant. Je jouissais de trois jours, pas un de plus, pour apprendre à m'aimer et à séduire la plus belle créature de tous les temps. Je n'en dormis plus. Je me réveillais la nuit, en sueur, vérifiant dans la glace de ma pauvre salle de bains si je n'étais pas *absolument laid*. Un bubon m'inquiéta. Je me jurai de n'y pas toucher – il était tentant de le triturer, mais je savais par expérience que cela l'eût rendu plus turgescent qu'il n'était. L'épisode des étrons était oublié – Irena avait joué le jeu, rien de plus, obéissant comme la majorité des frais admis aux règles aberrantes du bizutage.

Le monde en moi se réveillait. Il n'était plus ce réceptacle de larmes ni ce couteau me lacérant, mais un oasis de douceur et d'harmonie ; il se constituait de mots en adéquation avec les choses – un sentiment d'euphonie, plus encore que d'euphorie, m'habitait. Je ne serais plus un déshérité du bonheur, mais, dans ma détresse même, je pourrais désormais ouvrir les bras, ridicule et heureux de l'être, en direction du ciel gorgé d'étoiles clignotantes. Tout cela était risible et je ne le savais pas ; peut-être ne sommes-nous venus exister que pour éprouver ces instants de gratuité dérisoire, volatils, où l'enfantine illusion d'être emportés loin de nous-mêmes nous rappelle que le seul dieu possible est l'homme. Je sentis que la laideur ne m'intéressait plus, que la tristesse m'abandonnait comme un vieux lion sa proie gracile. Je me jetais aux pieds de la chance ; l'avenir avait cessé d'être inintelligible. Je parvenais à lire une étincelle, furieuse comme l'envie de vivre, dans le noir de ma nuit. Se précipiter sous un train, avaler une lame de rasoir, boire une gorgée de détergent – comme Hazin –, se pendre à l'horizontal – comme Granspian – m'apparurent pour la première fois depuis longtemps de strictes hérésies (sans parler de Zahler, Franz, qui attentait doucement à sa vie par l'abus spectaculaire d'alcools douloureux). L'existence était comique et pouvait vous faire basculer de l'angoisse à l'extase, de la paralysie à l'envol – regardez ce merle pépiant, quittant ses oripeaux de loque. J'avais passé trop de temps dans la peau d'un mort.

J'arpentai les rues de Reims ; elles me parurent moins laides. Leur désolation n'avait été le fruit que de mes propres ténèbres, la projection débile de mes tentations noires. Je ne souffrais plus. J'eusse volontiers sautillé – je sautillai. Je ne possédais plus la démarche saccadée des squelettes, lorsqu'ils épient le sommeil des désespérés. Les silhouettes, sur le trottoir, m'apparurent légères et fraîches. Je ne contestais plus la beauté de la vie. Le bonheur était accessible et « demain » une promesse au lieu qu'un tas de fumier.

Je me rendis, la veille du rendez-vous, chez le coiffeur. Je me plus ; j'achetai un pantalon à la mode et une chemise d'adulte. Une eau de toilette hors de prix m'enveloppa d'une écorce invisible, mais avenante, qui me prodigua des forces nouvelles. Sur des notes de Schubert, devant la glace, je multipliai les mimiques à mon avantage, avançant stupidement les lèvres et plissant les yeux dans la direction du mystère. Voilà ce que je voulais être : nimbé d'un voile impénétrable et énigmatique. Je me souris à moi-même, testant des incipit à ma conversation future. J'avisai, sur ma table à tréteaux, un reste de poulet froid auréolé de chips molles : les rogatons de ma vie d'avant, du temps (si proche) où je n'étais pas encore un autre homme. Je plaçai sur la platine un disque de Motörhead ; sur tel solo de guitare électrique, je mimai les mouvements de mains de Lemmy Kilmister : j'étais lui, il était moi, à nous deux nous formions ce dieu, ce mutant, ce personnage immense qu'avait élu entre tous – entre tous ces nabots – l'inaccessible Irena Domack.

J'avais acheté un cadeau à la déesse : un roman paru aux éditions de Minuit ; les livres édités dans cette maison dégageaient une impression de modernité, d'élégance et de bon goût. (Minuit semblait à la littérature ce que le label Blue Note était au jazz). Je sonnai à l'interphone ; la voix diaphane et docile d'Irena retentit : « Troisième étage. »

Mon pouls battait mes tempes. J'avais placé dans le livre un billet doux. Je respirai un grand coup. On ouvrit ; je fus soudain ligoté et recouvert d'un sac de plastique bleu géant – un sac-poubelle. On me crocheta, je tombai ; mon choc fut amorti par une demi-douzaine de bras. Un éclat de rire retentit, massif, nombreux, éparpillé, diabolique. Démoli, je reconnus nettement, suffoquant, me débattant, les voix beuglantes de Bon, Darboux, Elcano, Stern, Daquin – Melou.

2. – Gérald Bavé était un être timide, sympathique, livide. Vaguement blond, un peu grand, voûté, il cherchait avant tout des amis, peu regardant sur leurs qualités. Il s'habillait mal, croyant s'habiller bien. Pantalons trop courts – et trop larges –, chaussettes blanches, mocassins. Il était, écoutant sur son walkman des groupes californiens aujourd'hui oubliés, à la recherche d'un monde meilleur. Il rêvait d'une carrière dans le « haut de bilan ». Les arts l'intéressaient peu ; il ne croyait qu'au monde de l'entreprise. Les œuvres des génies l'effrayaient : il se trouvait devant elles comme un petit garçon – il leur préférait les romans mineurs, d'anticipation, ou les « livres dont vous êtes le héros » (on l'y voyait plongé, à la cafétéria, lançant des dés).

Bavé, dans son studio de l'ACOBHA, s'était fabriqué un mausolée en hommage au général de Gaulle : une croix de Lorraine, un petit soldat de plomb, un peu de houx et, scotché sur le mur, l'appel du 18 Juin.

Les grandes figures historiques le fascinaient. Bavé sabordait sa vie doucement, sans volupté mais avec calme. Il se masturbait chaque matin ; c'était un acte salubre. Il ne ratait jamais un cours ; le soir, il travaillait, révisait des matières qui, non seulement ne le méritaient pas, mais ne le réclamaient pas. Son surnom officiel était « Nesquik », sa marque de cacao préférée ; nous l'intitulions « Babave ». Bavé était homme de mules et de robes de chambre. Étriqué mais affable. Aucune profondeur ne se signalait chez lui, non plus que nulle agressivité. Il n'était pas intelligent ; il n'était pas stupide. Une expression de Sartre, issue de *Cahiers pour une morale*, décrivait merveilleusement Babave : « L'homme-moyen, comme on dit l'homme-fusée. »

Atteindre le niveau de médiocrité de Babave n'était guère évident ; j'entends par « médiocrité » non l'acception insultante qui a exagéré ce mot, mais la médiocrité étymologique : celle du juste milieu, de la moyenne géométrique, de l'entre-deux-eaux, du gris. Babave ne dépassait pas. Ne se situait ni au-dessous, ni au-dessus. Il s'évanouissait dans la foule et se fondait dans la masse. Il incarnait la norme – il habitait l'habitude. Ni fort, ni faible, ni complètement borné, ni totalement curieux, il se mélangeait aux autres comme on rajoute un nuage de lait dans le thé.

Il passait entre les gouttes de l'existence, parvenant sans trop d'embûches, au prix d'efforts constants, à obtenir des résultats « satisfaisants ». Il possédait peu d'envies, moins de besoins encore, ne faisait pas de cauchemars et ne rêvait pas non plus.

Un mercredi soir de janvier (le froid était arrivé à une sorte de point culminant), Babave, ayant perdu une tante qu'il vénérait, s'était rendu à la cathédrale ; je l'y aperçus sans qu'il me vît. J'allais souvent admirer, les jours de cafard (tous les jours), les vitraux du sanctuaire, les verrières peignant Marie la Sainte et son Fils trinitaire – l'Enfant de l'hostie, le petit Roi des humiliés. Je m'étourdissais du chœur des chanoines, épargné par les bombardements : seize fenêtres sur quatre travées, fuselées, cosmiques, dont rois et archevêques me scrutaient. Ces vitraux diffusaient une crémeuse lumière de mort dans le métallique matin. Babave s'agenouilla sur un banc, pria. Caché derrière un pilier, j'observai ce corps pataud, cette physionomie sans atouts ; une part de vérité s'échappait de Babave – il trichait moins que moi. Son cosmos d'être médian, de figure intermédiaire, de second couteau, m'était inaccessible ; j'étais prétentieux, il ne l'était pas. J'étais vaniteux, me faisant accroire que je méritais un destin, là où il acceptait de n'être que lui-même. Il entrait dans son effacement une humilité chrétienne qui valait mieux, à la lueur des cierges, que la manifestation proclamée de mon génie. Bavé, Gérald, refusant les excès, les humeurs, les éclats, ne brillait pas : mais dans son costume de terne pantin, de vieillard de vingt ans, il m'apparut, suspendu dans le silence, telle une figure christique. Il était nimbé de sa lumière à lui, en accord avec la tristesse de son deuil et, pleurant une tante sans importance pour moi, paraissait plus grand que lui-même. Il se dépassait non par le coup d'éclat, la bravade, l'aventure extraordinaire, mais par un souffle imperceptible : ce souffle qui craint de faire trembler la feuille.

Babave, au contraire du piteux poète qu'au forceps j'incarnais, n'était pas théâtral. Il alluma un cierge de cire qu'il empala sur une pointe. Une odeur de savon brûlé s'insinua dans la chapelle, enveloppa la pierre, propagea jusqu'au transept une caresse noire. Dieu s'étendait au-dessus de lui, comme une encre qui plane – sur le visage allumé de Bavé, de Babave, je lus une maladie d'enfant ; il laissa couler une larme. Il se signa et sortit de l'édifice, baptisé par le sourire de l'Ange. Je le suivis. Il passa devant le palais de justice, longea le théâtre, emprunta la rue de Vesle, traversa le pont, se dirigea vers la rue du Colonel-Fabien pour regagner le « campus » (j'écris « campus » mais il ne s'agissait que d'un vulgaire parking).

C'était un homme seul et observé, un homme sans relief et qui s'en doutait ; un homme invisible qui n'en voulait à personne et que nul n'eût pensé à détester. De quel droit pouvais-je affirmer qu'il s'agissait là d'une vie pour rien ? d'une existence indigne d'intérêt ? Je ne parvenais pas à le hisser au même degré d'importance que moi-même. J'avais la certitude d'être un raté ; mais une minuscule traînée de lueur me promettait, dans les confins de mon esprit, un avenir moins nu que le présent. Cette certitude d'être plus nécessaire au monde que Babave persistait tandis que je le filais ; elle était combattue pourtant par une petite musique qui m'avertissait que mon rapport aux êtres était vicié. L'absence supposée de vie intérieure – et extérieure – de Gérald Bavé n'était, m'indiquait cette petite musique, que la manifestation d'une imbécile mégalomanie. Quand même eussé-je déjà publié trois romans miraculeux, que je fusse resté au seuil du mystère de Babave. Ce n'était pas la peine de rêver à une œuvre, à une destinée d'écrivain, si un congénère humain, capable de pitié et de piété, se retrouvait relégué – par le simple décret de ma supériorité – petit pourvoyeur de médiocrité. Il avait sa dignité ; il aurait ses funérailles. Dans le vent rémois, cisaillant, il ne ressemblait à rien – c'est pourquoi je résolus de me forcer à plaquer sur lui, « pour de rire », cette importance que je refusais qu'il possédât. Transformer Babave en héros, en morceau de lumière, en incarnation de la beauté de la vie et de l'éternité. Lui rendre sa grâce, à lui qui n'en possédait pas un atome. Je le vis se gratter les fesses, faire tomber son portefeuille qu'il ramassa. Je continuai l'exercice : le placer sous un champ d'étoiles, le rendre à l'harmonie du monde, l'envisager dans la beauté des siècles ; lui octroyer ses coordonnées spatiales et temporelles dans l'histoire des hommes. Ses ancêtres avaient connu des guerres ; ses descendants changeraient, qui sait, le sort de l'univers – je grimaçais en émettant ces hypothèses farfelues ; le contraste s'accentuait entre les gestes, l'allure, la démarche de Bavé, sa manière de vérifier que le portefeuille était bien calé dans sa poche, et le soleil blanc, immémorial, hivernal, puissant, dans lequel je tentais de le fondre. Cet abruti ne s'accordait décidément point à la poésie, à la lumière, à la gloire de l'aube, aux tonnerres, aux crépuscules – enfoncé dans sa banalité, il était incompatible avec la plus petite forme de transcendance. Sa prière avait été un geste, le déroulé d'une habitude, la manifestation d'une éducation. De même qu'un détritus finit dans une décharge, son deuil s'était conclu dans une prière. Babave n'était qu'un ongle de pied oublié sur un morceau de carrelage ; un être obscène de normalité, écœurant, triste, vide et laid, incapable de chute, de vertige – d'échappée. Il représentait, symbolisait la figure du passant générique, du piéton uniforme – comment la peur de la mort, par exemple, ou l'immémoriale infinité du Seigneur, pouvaient-elles éclore (en leurs terribles splendeurs) au recreux d'un pareil gratteur de fesses ?

Bavé, quelques jours plus tard, éconduit par Aneta Grzybek, une Polonaise acnéique de troisième année, fut pris en charge par Kassel et Laugier qui le fournirent en alcools blancs. Babave but vite, et beaucoup ; un sourire d'une tristesse sans issue s'était affiché sur son visage. Le laissant seul, Kassel et Laugier, qu'un pressentiment désagréable avait agités dans la nuit, le retrouvèrent le lendemain, à potron-minet, en robe de chambre jaune canari, inconscient, allongé sur la moquette au milieu des bouteilles bues, le nez planté dans sa merde. Ils le déshabillèrent, lui firent prendre une douche glacée. Babave, qui venait d'affubler le monde d'un reliquat de laideur, leur adressa un regard rempli d'horreur puis émit quelques glaireuses paroles que les deux autres ne comprirent pas. Il sanglota. On le rassura. Nu dans sa baignoire, se redressant comme un diablotin jaillissant de sa boîte, Bavé eut cette phrase que me rapporta Laugier et qui me fut confirmée plus tard par Kassel : « Je suis insipide. »

3. – Nous voulions, coincés à Reims, rejouer le Grand Jeu. Gillon, avec ses seringues, serait Roger Gilbert-Lecomte. Garabédian incarnerait René Daumal – entre la première et la deuxième année, « sur la route » (pour reprendre son expression), il avait découvert la spiritualité du Vedanta et le shivaïsme tantrique cachemirien. Ce « re-père » (comme il l'écrivait) s'était révélé déterminant dans sa recherche du bonheur et dans sa « quête de sens » (je le cite derechef). Le projet de Garabédian était « d'u-du-nifier tous les systèmes et d'i-di-dentifier une source co-commune et u-universelle à toutes les religions et les philosophies ». Garabédian se faisait *grosso modo* le chantre d'une « spiritualité laïque » (une foutaise aimable à base d'eau chaude, d'encens, d'incantations foireuses et de yoga de bas étage que nous fîmes mine de prendre au sérieux). Caillette reprit, quant à lui, le personnage de Roger Vailland, qui lui seyait mieux qu'à moi ; restait Caillois, je choisis Caillois – bien que, contrairement à Garabédian, je ne bégayasse pas et que Caillois, né trop tard, ne fît jamais partie des Phrères – Lecomte, Daumal, Vailland, Meyrat, Minet. Nous étions les nouveaux Phrères simplistes ; nous étions les Phrères simplistes de l'École supérieure de commerce.

Nous nous rendîmes en pèlerinage sur la tombe de Roger Gilbert-Lecomte (cimetière de l'Est, concession 671, canton 18), mort à trente-six ans du tétanos après s'être piqué à l'héroïne, avec une seringue usagée, au travers de son pantalon de toile. Gilbert-Lecomte avait prédit sa mort prématurée ainsi que celle de Daumal, né un an après lui et disparu un an après lui de la tuberculose. Comme de pauvres imbéciles, nous allâmes nous photographier, ravis, rue Hincmar. Au numéro 32 avait vécu Gilbert-Lecomte, alias « Rog-Jarl », alias « Coco de Colchide » ; en face, au numéro 75, avaient emménagé les Caillois – la rue était cultissime. Nous nous intitulâmes indifféremment Hincmariens, Hincmarictus, Hincmarosaures, Hincmarophiles. Le mouvement, qui nous changeait des cours de marketing où de toute façon nous ne mettions jamais les pieds (la notion de force de vente n'était point parvenue à capter notre attention), était lancé. Ne restait plus qu'à créer une revue – *Hincmareims*, rebaptisée *Hincmarus* dès le deuxième numéro : « Ça te changera d'*Ushoahïa*. »

Caillette offrit beaucoup de son temps (le partageant avec le soulèvement de fonte en salle) à notre modeste revue. Sa contribution au premier numéro, que nous fîmes photocopier en quarante-six exemplaires, fut décisive. Il livra une étude de dix pages sur *La Doublure* de Raymond Roussel, son ouvrage de chevet, ainsi qu'un poème dans la manière de Jean Moréas et une nouvelle pastichant Gyp. Gillon, moins doué, dont la plume se montrait plus crispée, inventa de nouvelles règles au jeu d'échecs et en fit part au lecteur, schémas à l'appui, sur cinq belles pages. Garabédian apporta un texte confus, trop long, que nous publiâmes pour ne pas le blesser, intitulé « Temple laïc et cosmos mi-plein », inspiré de René Guénon. Nous ouvrîmes nos portes à deux autres collaborateurs de circonstance, Louçon et Tandril. Ludovic Louçon, sur deux pages illustrées par Caillette (qui possédait aussi des dons pour le dessin), décrivait avec une précision clinique le clitoris de sa petite amie, Adeline Aulier, une première année qui levait facilement le coude. Carlos Tandril, dont l'orthographe était vacillante, n'hésita pas à produire trois pages – assez pongiennes – sur la basket. Il en décrivait minutieusement la languette (qui prolongeait la claque et épargnait au pied les frottements fâcheux contre le système de fermeture), la doublure (qui, de cuir ou de tissu, garnissait l'intérieur de la chaussure proprement dite), le col (qui bordait la doublure), le quartier (qui enveloppait le talon et se prolongeait sur le cou-de-pied pour en assurer la fermeture), la surpiqûre (qui, tout en consolidant le soulier, lui servait d'ornement), le talon, la semelle, le coussin d'air (cette cavité, douce au toucher, insérée dans la semelle intercalaire et permettant d'amortir les chocs). Tandril alla même jusqu'à faire une description fouillée du ferret, cette gaine de plastique ou de métal qui entourait les extrémités du lacet, pour faciliter son passage dans les œillets.

Pour ma part, je rédigeai un hommage à Caillois en prenant le contrepied de sa manière, à savoir conférer à la prose l'éclat des pierres – je préférais mon baroque à sa minéralité. Nous ne vendîmes pas un seul exemplaire aux étudiants de l'école, que nos travaux laissèrent de marbre. On pouvait s'arroger le droit d'être poète : il était chaudement recommandé de l'être hors les murs. Nous fîmes le planton sur les lieux les plus prisés de Reims, vendant notre torchon à la criée (je ne criais pas, je n'osais pas). *Hincmareims* s'écoula à vingt exemplaires, ce qui nous encouragea à continuer avec *Hincmarus*, dont le nom nous parut plus fort.

Le problème récurrent de ces revues artisanales est que, nées sur un engouement hystérique, elles meurent après trois numéros. Au bout de cinq livraisons, notre rejeton rendit l'âme, essoufflé avant que d'avoir crû. J'en conserve la collection intégrale, déchirée, fatiguée – rapiécée. Tous les textes y sont mauvais. Tout sonne présomptueux. Il semble, à la relecture, que nous fussions enivrés par un permanent souci d'illisibilité. La « littérature », pour nous, ne se proposait pas de dévoiler le monde, mais de l'obscurcir. Les adjectifs les plus inusités, les mots les plus rebutants, les expressions les plus opaques poussaient sur nos pages comme le chiendent.

Bosman (Raphaël Bosman), un troisième année, nous avait proposé – c'était pour en recueillir des bénéfices – les services de son père, imprimeur à Cormontreuil. Nous hésitâmes, puis déclarâmes forfait. Nous n'avions plus de jus. Nous avions tout donné. Nous retournâmes nous saouler, essuyer des échecs auprès des filles, errer dans les rues désertes, nous masturber comme des gorilles. Seul dans mon cagibi, je continuai d'écrire des débuts de roman que j'abandonnais. Écrire les dix premières pages me faisait croire en ma verve, la grâce semblait me tutoyer ; passée cette frontière, c'était un pays nouveau qui me narguait : une zone inconnue où seuls pénétraient ceux qui avaient quelque chose à dire. Je n'avais rien à dire. Lorsque j'usais de la troisième personne, mes personnages me glissaient entre les doigts comme des carpes, retombaient dans leur vaseux bassin, disparaissaient. À la première personne, cela coulait mieux, mais je sentais que celui qui s'exprimait n'avait point suffisamment vécu pour passionner qui que ce fût, à commencer par lui-même. Je n'allais pas narrer mes brimades sentimentales, mes errances solitaires dans la ville des Phrères, mes simulacres de grandeur, les aventures solitaires et désespérées à l'ombre de la cathédrale.

Je pris la décision de tenir un journal intime ; ce subterfuge, tout en me rivant à la « littérature », me permettrait d'exagérer mon existence, de rehausser l'intensité de mon vécu – de me rendre intéressant à moi-même, aux autres. L'expérience tourna en eau de boudin. Je n'avais à raconter que ma traversée lamentable du pont de Vesle, le glissement de mes pas dans les couloirs lessivés de l'école. Deux pages sur une soirée mousse, agrémentée d'une séance de karaoké, ne piqueraient jamais l'attention, même dans cinquante ans, des dignitaires de l'académie Nobel. Dépourvu d'imagination, incapable de soulever le béton du réel rémois, me restait la littérature des autres. En lisant beaucoup, je pourrais cueillir chez eux l'expérience qui me faisait défaut. Je ferais les poches de Conrad et de Melville, de Kipling et de

James. Dès qu'une phrase, une idée, une métaphore me parlerait, je la leur volerais. Le procédé échoua. La littérature exigeait qu'on eût non seulement vécu, mais qu'on eût vécu par soi-même ; elle imposait de vivre sa propre vie, à sa façon, sans la barioler de vies concurrentes, de l'intoxiquer de corps étrangers. Je sentis une injonction d'être moi-même, mais ne savais comment faire, ni par quoi commencer. Le métier d'être soi, rien que soi, dans son originalité divine et misérable, dans son insoluble solitude, ne s'enseignait nulle part ; il faudrait pénétrer au cœur du temps, attendre, saisir l'instant où, ayant enfin vraiment souffert, peut-être aimé, je serais prêt à ne plus tricher, à ne plus crâner, à ne plus trahir cette part d'universel qui, en moi comme en n'importe qui, ne demande qu'à sourdre.

Tout ce que j'écrirais sans l'avoir éprouvé ne resterait qu'un amas de mots morts. J'étais trop jeune pour être vieux. Je ne ressemblais pas à l'existence que j'aurais.

4. – Garabédian fit une tentative de suicide vers le mois de janvier – en pleine guerre du Golfe. Il se rata : ce fut sa manière d'alerter Géraldine Lebon, en couple avec un golfeur de quarante-trois ans (un « rentier »). Garabédian, fou de chagrin, avait mangé du sable par poignées.

Notre petite confrérie de masturbateurs, incapables de créer, accueillit un membre neuf : Parazzini. Parazzini avait pour habitude, dans son pavillon de Fleury-Mérogis (on apercevait la prison depuis le velux de sa chambre), de tabasser sa mère, qui l'avait élevé seule. Son père, originaire de Ligurie, l'avait abandonné à sa naissance ; il lui avait adressé une carte postale le jour de ses dix ans, puis de ses vingt ans – Jean-Michel Parazzini avait hâte d'avoir trente ans.

Il ne s'intéressait à rien, hors la croupe des « belettes ». Vicieux, cruel, il ne pensait qu'à satisfaire sa libido et n'hésitait jamais, lors des soirées BDE du jeudi, à passer sa main sous la jupe des filles qui lui plaisaient (elles lui plaisaient toutes). Obsédé par les scènes de crime, il rêvait d'intégrer la police. Ivre, il bavait. Le venin coulait sur la commissure de ses lèvres. Il finissait la tête sur le carrelage des toilettes, joue plaquée contre ses vomissures. « La prochaine fois, on ira à fond… Hein ? On ira à fond… » Nous répondions « oui ».

Un soir, il se battit avec un rugbyman, président de l'association sportive de l'école. Il s'était saisi d'une bouteille de bière, qu'il avait fracassée contre un pilier de ciment, et avait lacéré la joue de son « pire ennemi dans cette putain d'école ». Cette dénomination, à peu près arbitraire, illustrait parfaitement la paranoïa de Parazzini qui, depuis une rupture amoureuse l'ayant laminé en classe préparatoire, s'imaginait que la planète entière couchait avec sa dernière conquête en date, Angelika N'Guyen, une Allemande d'origine vietnamienne qui ne détestait pas – prétendaient les mieux informés – l'amour de groupe.

Parazzini menait la vie dure à son amoureuse. Il la giflait en public dès qu'elle regardait (dès qu'il croyait qu'elle regardait) un autre garçon que lui. Nombre d'entre nous intervinrent afin qu'il cessât ces actes de violence. Je me battis avec lui à ce sujet ; il me cassa une dent. À la fin d'une chouille, à l'aube, il m'avait roué de coups de pied dans un parking et, tandis que je gisais sur le sol, avait commencé de m'uriner dessus. Caillette et Garabédian l'avaient rossé. Tout se dissipa ; nous devînmes amis – il dégageait un charisme capiteux et n'avait peur de rien, pas même de la peur. Il m'accompagna, par un jeudi glacial où toute la Champagne (métallique et bleue, scintillante, diamantée) dormait sous la neige, chez le romancier Yves Gibeau.

Gibeau vivait à Roucy, dans un ancien presbytère ; il regardait toute la journée la télévision, enregistrant sur des cassettes vidéo les reportages qui l'intéressaient – il stockait ces archives qui s'empilaient jusqu'au plafond. C'était un écrivain que j'admirais, auteur d'*Allons z'enfants*, paru dans les années cinquante, livre qui m'avait ému aux larmes. Il y était question d'un enfant, comme moi haï de ses parents, en particulier de son salaud de père, qui avait été envoyé dans les enfants de troupe. J'avais subi mille fois cette menace, qui étrangement ne fut jamais mise à exécution. Gibeau, vêtu d'un pull mangé par les mites, nous reçut avec gentillesse.

« Vous êtes d'une ponctualité militaire », plaisanta-t-il quand nous entrâmes. Ses yeux étaient bleus, profonds, tristes. On y lisait non tant des blessures que des pansements sur des blessures. Il avait préparé un feu de cheminée. Parazzini fut impressionné par l'ancien militaire, devenu cruciverbiste à *L'Express*. Gibeau caressa longuement sa barbe et nous demanda, après nous avoir offert un verre d'eau glacée sortie du robinet de sa cuisine aux murs de carrelage fissurés, si nous voulions jeter un œil sur sa « collection ». Nous montâmes à l'étage : casques, masques à gaz, grenades, bidons, baïonnettes, pistolets de la Grande Guerre étaient entreposés là, avec soin, entretenus – lustrés. Je caressai la crosse d'un Lebel. « Il faut garder la mémoire de ces choses-là. La guerre n'a jamais cessé. Elle continue. Sans cesse. Partout » ; il soupira, son œil se mouilla : « La guerre n'est pas le contraire de la paix. La guerre est le décor de l'humanité. Elle est permanente. Le monde est guerre. La paix est une illusion. La paix, c'est quand on ne voit pas qu'il y a la guerre. »

Gibeau chercha à nous faire un cadeau « digne d'un antimilitariste » ; il ne trouva pas. Nous lui dîmes au revoir au crépuscule ; il neigeait des flocons doux qui repartaient vers le ciel. Il me laissa son numéro de téléphone ; je pouvais l'appeler quand je voudrais. Sur le chemin du retour, les routes chenues, tortillées, enfoncées dans la nuit, me parurent littéraires ; c'était Parazzini qui conduisait – j'avais été incapable d'obtenir mon permis de conduire. Rouler était souvent gâché par le souci d'une destination. Il faut rouler pour se perdre. Je fis remarquer à Parazzini qu'il était devenu impossible de s'égarer ; que, même en rase campagne, nous étions renseignés par des balises, des panneaux, des indications. Le monde s'était délesté de sa magie de labyrinthe – il était devenu un réseau, un menu, un programme, une table des matières. Parazzini répondit : « J'ai envie de tuer quelqu'un. J'ai envie de commettre un carnage. »

Je l'interrogeai sur cette pulsion. « Entrer dans une église, dans un supermarché, puis tirer, tirer dans le tas. Tu comprends ? J'y pense. Ça ne t'arrive jamais ? » Il m'arrivait d'avoir des envies de meurtre. Parazzini parlait d'autre chose ; il voulait que, sous son feu, des cadavres de vieillards et d'enfants se tordent, roulent dans leur propre sang, s'effondrent. Il rêvait de voir danser les corps, tenus debout par ses rafales. Il rit – son rire de cette nuit-là continue de se répandre à travers la campagne champenoise. Parazzini avait tenté d'empoisonner sa mère. Il se scarifiait ; il avait l'humanité en horreur. Il organisa à l'école des orgies auxquelles je refusai de participer. Au cimetière de Reims, où il réveilla les ossements de Gilbert-Lecomte, il organisa des messes noires. Au milieu des ronces sèches, dans la forêt, nu comme un ver avec quelques comparses triés sur le volet (Gestin, Cruzado, Steinetz), il avait égorgé des poules et s'était soulagé dans leur bec. Des photos en attestaient. J'en possède une.

Angelika ne paraissait nullement effrayée par ces manifestations morbides, qui firent bientôt la réputation de Parazzini. Quand elle le quitta, ce fut pour d'autres raisons : elle était tombée amoureuse de Hélène Chozon, que nul jusque-là ne semblait avoir remarquée – elle occupe aujourd'hui un poste de tout premier plan dans une entreprise du CAC 40. Pour impressionner sa muse, un midi que les deux amoureuses déjeunaient au restaurant universitaire, Parazzini s'était approché de leur table, avait sorti de la poche de son perfecto miteux acheté aux Puces de Tinqueux un énorme clou qu'il s'était planté dans la main, crucifiant sa paume gauche à la table en formica du réfectoire. Déjeunant avec Garabédian à une table voisine, je me rappelle une clameur générale, un geyser de sang, des tables renversées et des cris stridents. Parazzini, cloué, regarda sa petite muse vietnamienne en expectorant son fameux rire sorti des entrailles de la terre, puis s'évanouit.

Il fut renvoyé de l'école et transvasé à l'École supérieure de commerce de Rouen, jumelle normande de la nôtre. Il vint nous visiter lors de fêtes mémorables. Nous assistâmes à un strip-tease qu'il exécuta, ivre, sur la table des Coteaux, une pizzéria renommée de la place d'Erlon. Puis il disparut pour faire le tour du monde ; certains dirent (dont Garabédian) qu'il était parti dans un ashram. Je reçus dix ans après notre sortie de l'école une lettre de sa part : il était sergent-chef dans la Légion étrangère et s'était battu à Sarajevo. Il avait par la suite formé les futurs légionnaires à Castelnaudary. Il se souvenait d'Yves Gibeau. Il me demanda de lui envoyer une photo de lui aux côtés de l'écrivain, ce que je lui promis et ne fis pas. Il m'apprit le décès de sa mère, d'un accident vasculaire cérébral tandis qu'elle faisait ses courses au supermarché, me demanda des nouvelles de Caillette, de Gillon, de Garabédian. Quant à sa main percée, elle le réveillait parfois la nuit. Et lui rappelait qu'un jour, il y a longtemps, dans la ville des Sacres, il avait assisté aux noces de l'amour et de la folie.

5. – À la suite d'une expérience homosexuelle qui tourna court, Garabédian entreprit de trouver la femme de sa vie ; il s'en alla la chercher parmi les prostituées du parc André Malraux. Dans les taillis, la nuit, par grand froid, il baissait son pantalon, achevait son plaisir et demandait à passer un peu de temps avec elle. Un genou enfoncé dans la terre, pleurant d'émotion, il lui lisait un poème de son cru. Il se fit un petit nom dans les bosquets ; il devint une figure de la zone. Son lyrisme, sa vérité, détonnaient au royaume des seringues, des bas nylon, des orgasmes empressés et des préservatifs.

Garabédian ne trouvait pas l'amour. Il le cherchait trop. Qui parmi nous le rencontrerait ? Nous étions drapés dans notre malheur : nous nous y sentions bien. Nous étions parvenus à être fiers de notre désolation.

Garabédian passait des heures harnaché à sa table de travail : il composait des quatrains, des alexandrins destinés aux prostituées. Certaines faisaient couler leur maquillage quand, après avoir eu la tentation de se moquer de lui, elles s'apercevaient que le jeune homme qui leur lisait ou leur récitait ses vers trichait moins que ses contemporains. Garabédian s'adressait à leur cœur et n'attendait pas d'elles qu'elles le rendissent heureux ; il se trouvait en harmonie avec lui-même dans la boue et le froid, sous les hêtres frissonnants, à l'abri des aulnes, derrière un chêne – un peuplier. Jouir l'intéressait peu – il voulait qu'on entendît ce que son âme avait à dire. Ces dames en avaient vu d'autres : leurs clients ne réclamaient pas toujours du sexe, mais des égards, de l'attention, de l'intérêt. Garabédian, qui ne bégayait jamais en lisant, se rendit dans le parc chaque nuit, qu'il plût ou ventât. Ce qu'il avait jusque-là refoulé jaillissait sans effort, entre deux passes de ces femmes qui doucement devinrent ses amies.

Il me décrivit ces séances de lecture comme des séances d'exorcisme : « Ça fait co-comme un tour-tourbillon dans ma tête quand je, je ren-rentre chez moi au pe-petit ma-matin. Je me sens li-libéré d'un, d'un p… poids. » Il tomba amoureux d'une de ses auditrices. Une petite troupe s'était formée autour de lui ; d'abord rétives, les employées de la chair avaient prévenu leurs proxénètes qu'un dérangé les empêchait de travailler. Par un miracle que nul ne comprit jamais, Garabédian avait fini par se faire accepter. Non seulement il ne troublait pas la bonne marche du business, mais il réconfortait les cœurs.

La poésie éloignait Garabédian de la peur ; quand il lisait, la nuit, il amadouait l'univers ; les dangers s'évaporaient. Il me susurra à plusieurs reprises, avant d'aller les jouer dans le noir des futaies, le fruit de ses efforts poétiques. C'étaient des vers adolescents. Il y célébrait la vie comme on eût célébré une statue antique.

Geronimo, un travesti, tomba amoureux de Garabédian. Ce dernier le ramenait parfois dans son studio du campus. Nous les vîmes déjeuner ensemble – sans que Julien n'en eût honte ni ne cachât son ami – à la cafétéria. La direction de l'école intervint et le duo dut se faire discret. Ils eurent des expériences sexuelles qui tournèrent court. Garabédian ne parvenait pas à « s'y faire », mais il éprouvait pour Geronimo un attachement profond. Ils parlaient de karma, d'Inde, de Wilhelm Reich. Garabédian, suivant mon exemple, avait voulu s'inscrire en philosophie à l'université voisine (un coquillage géant donnant sur de longues collines bleues) ; il vint souvent accompagné de Geronimo suivre les cours exaltants de Francis Wolff.

La philosophie se devait avant tout d'être capable de délivrer une *parole poétique*. Les grands systèmes philosophiques, ceux de Kant, de Hegel, de Marx, renseignaient davantage sur le talent, la finesse, la folie de leurs auteurs que sur le monde, qu'ils essayaient de faire entrer dans le moule de leur esprit. Kant ne nous avait rien appris sur la nature, mais il avait laissé un témoignage fantastique sur l'étendue de l'intelligence, de la créativité, de la subtilité humaines. Son génie avait eu besoin d'une grille pour se lire lui-même, d'un canevas pour se dérouler, d'un écho pour s'amplifier. Faire tenir l'univers dans son crâne : telle était la névrose de ces « grands philosophes » qui parvenaient à contenir les montagnes, la mer, la beauté, la musique, les lois, la vitesse, le mal, les planètes, la mort et les pâquerettes dans la même théorie. Le tour de passe-passe s'avérait d'autant plus prodigieux, vaniteux, culotté qu'ils avaient basé leur système, pleinement cohérent, sur l'affirmation d'une inconditionnelle objectivité – là où, au contraire, chacune de leurs phrases ne faisait que trahir la mise en théorie d'une subjectivité exacerbée.

Nietzsche, Montaigne, Heidegger, Péguy, Bergson, Simone Weil (je n'aimais pas Alain), Clément Rosset ou Jankélévitch devinrent mes philosophes de chevet – eux n'étaient point des systématiques. Ils opéraient avec poésie, animée d'une certaine exubérance. Ils n'étaient pas tant des philosophes que des penseurs. Aucun d'entre eux ne sommait la nature de ployer sous un concept abstrait. C'étaient des êtres de mouvement, dont la passion n'était pas d'épingler des papillons morts dans de petites boîtes vitrées, ni de sauvegarder la réalité à la manière de taxidermistes, mais de porter une lumière douce et claire sur les choses oubliées, cachées, remisées – invisibles. Ils redonnaient leur dignité aux éléments timides, aux actions méprisées, aux occupations quotidiennes. Ils prenaient soin d'apprivoiser l'univers au lieu que de le mettre en demeure.

Garabédian lisait ses poèmes au milieu des buissons, Gillon se piquait les veines parmi les revues pornographiques, Caillette faisait des pompes devant ses boîtes de lait concentré remplies de ses déchets ménagers. Toute possibilité de grandeur s'éloignait. Nous nous retrouvions chaque mardi soir ; on ne parlait de presque rien. Caillette, qui à la fois détestait jeter, gâcher, perdre et adorait son corps, nous expliqua que désormais il conserverait tout de lui, hors ses excréments : dans des boîtes, des bocaux, il amasserait ses cheveux, ses rognures d'ongles, ses poils de nez.

Caillette s'auto-collectionnait. « Je refuse de m'éparpiller. » Avec les excroissances de son organisme, il possédait un avatar de son être, ni tout à fait vivant ni tout à fait mort – « un rogaton organique, un jumeau épars ». Garabédian (à moins que ça ne fût Gillon) lui demanda pourquoi il ne mettait pas ses restes en terre ; on eût pu également songer, telle fut ma proposition, à une incinération. Caillette répondit avec un sourire supérieur qu'il aimait contempler (cela « l'apaisait ») ces éléments produits par sa personne. « Je n'exclus pas l'hypothèse du narcissisme », avoua-t-il en terminant son daïquiri.

Gillon demanda à voir les collections ; Caillette ne se fit pas prier. C'était écœurant. Dans des boîtes de sablés bretons, des centaines d'ongles de main, de pied, tintaient quand on les agitait. Des sourcils épilés y étaient mêlés, ainsi que quelques points noirs qu'il s'était extraits de la surface du nez. « Quand je rencontrerai ma future femme, je lui offrirai ces boîtes. Ainsi, elle aura tout de moi. Les œuvres complètes de mon corps. Je lui appartiendrai à cent pour cent. »

Un soleil cru commença de nous piquer les yeux ; le jour naissait. Des nuages métalliques annonçaient une bruine glacée. Le camion des éboueurs vrombissait telle une grosse mouche. Dans moins de deux heures, les autres, tous ceux qui n'étaient pas nous, se dirigeraient dans l'amphithéâtre C pour un cours de droit européen.

6. – Couché sur une dalle de béton, Caillette réfléchissait. Il était hébété par ce qui venait d'advenir : Christine Hanova avait déposé une lettre dans sa boîte. Elle lui avouait son amour. Le pauvre ignorait qu'il s'agissait d'une farce ourdie par Fabrice Carnet. Caillette vint me trouver les yeux mouillés : « Je crois que je suis amoureux. C'est ridicule, n'est-ce pas ? J'avais fait une croix sur les filles. Mais là, c'est quand même Hanova… »

Le regardant, l'écoutant, j'en voulais à notre génération de n'avoir connu que l'ennui, la platitude des heures, le morne écoulement des jours sans guerre. Nous étions dépourvus de courage et de fantaisie. Tout était bon à jeter chez nous : passé, présent, futur.

Je proposai à Caillette de faire le tour du parc Saint-John Perse. Nous évoquâmes Kafka. Kafka était un « infils ». Il avait fallu au jeune Franz continuer d'être juif malgré le judaïsme de pacotille de son père, pour qui la synagogue n'était qu'un lieu de belote et de rigolades avec les copains. Kafka avait dû se poursuivre comme juif contre sa propre famille, tentant, avec quel courage, de rallier son peuple malgré le chaînon manquant. Il avait étudié le Talmud et, surtout, s'était construit un auto-Talmud – son œuvre – où les questions essentielles étaient posées comme personne avant lui : la transmission, la médisance, l'arbitraire, l'idolâtrie, la haine – la destruction. Kafka, c'était le vingtième siècle enfermé dans un poing.

« Si Hanova m'aime, j'aurai réussi quelque chose dans ma vie », déclara Caillette d'une douce voix. « J'aurai cessé d'être un homme interchangeable. Ce qui est horrible, dans les métiers que nous sommes appelés à exercer, c'est *l'interchangeabilité*. Personne ne peut être Kafka à la place de Kafka. Tout le monde peut être Caillette à ma place. »

« Nous sommes deux crottes de chien sous le ciel étoilé », ajouta-t-il. « Hanova, c'est une manière d'échapper au néant. Je vais tout donner. » Je n'osai l'interrompre. « Je vais me mettre en couple avec elle, je vais l'aimer comme un fou. Si un jour elle me quitte, je me tuerai. » Je tentai de relativiser les qualités de Christine Hanova – Caillette s'énerva, voyant dans mes arguments la manifestation d'une jalousie sous-jacente. Je protestai. « Il est temps que je fasse de ma vie quelque chose qui me ressemble. Je dois imposer à la réalité ma façon d'être, de voir, de sentir, de respirer. Depuis que je suis né, je subis, j'existe par et pour et dans les autres, leur obéissant, leur ressemblant, étant d'accord avec eux, les suivant, les imitant, les pastichant, les plagiant. C'est terminé. Je vais jaillir de moi-même en sortant avec la plus belle fille de Reims. »

Caillette sortit de sa poche de veston deux feuilles soigneusement pliées en quatre qu'il me pria de lire. Il avait, de son écriture de chat, répondu au mot amoureux de Christine Hanova. La missive était insensée : Caillette, enflammé, évoquait les fiançailles, le mariage, les enfants. Pédophobe, il avait toujours pensé que les enfants étaient des parasites qu'il ne fallait souhaiter qu'à ses pires ennemis. L'idée, au surplus que quiconque pût l'enfermer dans une cellule familiale l'asphyxiait par avance. La beauté de Christine Hanova l'avait fait basculer. Il se moquait désormais de ses principes et raturait ses décisions de jadis. Il était un autre, absorbé par un sentiment inconnu.

« Je n'en reviens pas qu'elle m'ait choisi. Il y a tant de bellâtres sur le campus. J'ai décroché le pompon. Je n'obtiendrai jamais mieux. » Lorsqu'il apprit qu'il s'agissait d'un canular, Jean-François plongea dans les abîmes. Il ne se leva plus, ne se lava plus. Il devint cadavérique, répétant des locutions inaudibles, griffonnant sur des versos de prospectus des libelles assassins contre Dieu, les hommes, les femmes. Il connut des accès de fièvre ; Garabédian, Gillon, Kassel, Laugier et moi-même allions le visiter à tour de rôle. Sa grotte empuantissait l'atmosphère rémoise ; intacts, ses remugles se propagent dans ma mémoire.

Un matin, il se leva et fit cent pompes. Il se mit à sortir de nouveau, ne changeant jamais de vêtements. Il ne parlait à personne, hormis aux Phrères. Il empestait. Il portait à la main le *Journal* de Kafka en « Cahiers rouges ». Caillette s'était cru, l'espace de quelques heures, un être unique, important, élu par une haute autorité de l'amour – une déesse. Il avait projeté de lui quelque chose de beau qui l'avait arraché à sa moisissure, mais l'avenir était redevenu une poubelle. Il renforça ses muscles, passant des heures en salle de sport. Il ne se nourrit bientôt que de protéines en poudre. Il s'était vengé de Carnet un dimanche soir pluvieux, l'attendant aux abords de la gare ; Carnet avait laissé deux dents dans une flaque.

Garabédian, bon camarade, était allé trouver Carnet pour comprendre. L'explication qu'il reçut fut concise : « Pour se marrer. » Cette blague était une inépuisable leçon de vie ; dès qu'un être différait, des gens dits « normaux » viendraient sans cesse le lui rappeler – bien que Caillette ne fût point juif, je compris d'où l'antisémitisme tirait son jus : d'une confrontation du semblable avec le semblable. Ce que Carnet détestait chez Caillette, c'était que Caillette lui ressemblât. Carnet, lui aussi, malgré ses gesticulations, était dégoûté d'avoir atterri à l'ESC Reims. Il se méprisait d'être là, de n'être *que* là. Ce qui le dégoûtait en Caillette, c'était l'image que son condisciple lui renvoyait de sa propre personne. Tel me parut le mécanisme de la haine des juifs : l'antisémite reproche au juif sa conformité avec l'humanité. Le raciste hait la différence ; l'antisémite fustige la ressemblance. Détester les juifs était le passage qu'empruntaient ceux qui vomissaient l'homme et sa condition, dont ils se maudissaient de faire eux-mêmes partie.

Caillette se mit à écouter de plus en plus de musique atonale – Boulez, Varèse, Stockhausen, Nono, Penderecki. Cette musique, prétendait-il, parlait la langue de la destruction intérieure. On ne pouvait avoir accès à sa beauté qu'en entrant en résonance avec elle – pour ce, il s'agissait d'avoir souffert le martyre. Ces compositeurs étaient les chantres de la douleur. Ils savaient dire la nausée, le brouillard, les poinçons dans la chair, les palpitations, l'absence, l'envie de vomir, le soleil triste, les tentations d'en finir, la solitude. Les expériences du vide excluaient aux yeux de Caillette toute possibilité de mélodie, de rengaine – de refrain. Il était passé dans l'autre monde et, revenant doucement parmi nous, comprenait ce que cette musique exprimait.

Caillette, au restaurant universitaire, déjeunait et dînait seul désormais, au fond, tout au fond du réfectoire. Il lui arrivait de pleurer en contemplant la campagne désolée. Tournant mécaniquement les pages d'un vieux *Figaro* récupéré dans une poubelle, il semblait perdu dans son angoisse. Il portait aux pieds de vieilles baskets prêtées par Kassel pour un footing et qu'il n'avait jamais voulu restituer à son propriétaire. La nuit, il souffrait d'hallucinations – Carnet le taraudant, l'aspergeant d'essence, lui crachant au visage.

Puis Caillette quittait le réfectoire, la silhouette raide ; par la baie vitrée, je l'observais traversant le parking, se détachant sur le ciel malade, habillé de ses loques, pantalon trop court, polo élimé.

Un soir, je le vis s'asseoir sur un banc de pierre, accablé par le chagrin. Il pleuvait timidement. Caillette plaça sa tête entre ses mains ; on voyait les reflets rousseâtres de sa chevelure en brosse. Ses pieds tapaient nerveusement le sol. La pluie redoubla. Des corps mouillés passèrent devant lui, qu'il ne vit pas. Il ruisselait. Les lampadaires posèrent sur lui de la lumière orange. Une voiture klaxonna. Caillette se mit à pleurer. Son buste plié se secouait. Il se leva, essuyant ses yeux et se secouant tel l'épagneul qui sort de l'étang. Son visage était pâle. Nous avions, pour le lendemain – travail de groupe –, un cas de « politique générale » à rendre sur la chaîne d'hôtels Campanile.

La nuit entourait le campus à la manière d'un pansement ; la chambrette puante de Caillette resta allumée jusqu'à l'aube. Il rendit la part de travail qui lui revenait. Nous obtînmes la moyenne. De justesse.

7. – Le cursus prévoyait un stage « ouvrier » d'un mois. J'optai, à l'instar de Caillette, pour une gérance d'enseigne de vins Nicolas. Cela consistait, passée une formation expresse, à s'occuper pendant un mois d'une boutique. Il s'agissait de vendre des bouteilles, de tenir la caisse, de renseigner les clients sur la qualité supposée des produits. On trouvait dans les rayons des grands crus comme de la vodka à bon marché. La cave était merveilleusement achalandée ; des château-lafite y dormaient, quelques château-d'yquem aussi. C'étaient surtout la Badoit et l'Evian qui partaient – pour les vins, le canteval à onze degrés. J'héritai, à Reims, de l'échoppe de la rue Cérès, que je dus tenir seul. Je ne possédais aucune des qualités requises pour mener à bien ce travail. Il fallait faire montre de ponctualité : je n'aimais rien tant, à cette époque, que procrastiner au lit (j'ai aujourd'hui cette activité – cette inactivité – en horreur) ; obligation était d'être rigoureux dans les comptes : j'en étais incapable.

Quelque jour, visité par Philippe Zico (étudiant en troisième année), nous descendîmes à la cave, laissant le magasin ouvert, et bûmes comme des soudards. Nous ouvrîmes des bouteilles rarissimes – dont un bordeaux de 1907. Après une trentaine de minutes, tandis que tintait la petite sonnette du magasin à mesure que les clients entraient, je m'écrasai sur le sol sableux et dormis, m'éveillant des heures plus tard. Lorsque j'émergeai, Zico n'était plus là, et les rayonnages du rez-de-chaussée, quasiment vides. Je laissai dans la caisse un trou de trente mille francs.

Je me maudissais d'avoir choisi ce stage. Toute la journée je pensais à la mort. Mon intelligence était limitée : je n'étais point parvenu à me hisser au-dessus de toute cette misère (marketing, comptabilité, finance). Quand je considérais que je jouissais de quelques qualités intellectuelles, je ne voyais pas comment, étant donné le diplôme qui m'attendait à la sortie, elles pourraient être considérées. Sortir de l'École supérieure de commerce de Reims, non seulement ne valait rien, mais empêchait de valoir quelque chose. À chaque fois qu'on me demanderait quelles études j'avais faites, il me faudrait répondre « l'ESC Reims » et cela me déchiquetait. Lâchant le nom de cette école, je savais que nul jamais ne me respecterait. Je me rassurais sur le compte de René

Char, embourbé lui aussi en son temps dans la misérable nasse de l'École supérieure de commerce de Marseille. Philippe Sollers, lui, avait intégré l'ESSEC.

Gillon vint me voir, un matin (il était débarrassé pour sa part de son stage, effectué avant d'intégrer l'école) ; il revenait de la bibliothèque municipale. Il me parla d'une fille que je ne connaissais pas, mais qui, dans la salle d'études, tous les jours, le dévisageait. C'était une rousse dont les seins, à ses dires, s'avéraient – il les avait devinés à travers leur étoffe – les plus excitants qu'il eût connus « depuis qu'il était sur terre ». Cela lui avait transmis « l'envie de croire en Dieu *ou presque* ». La formule me parut plus profonde qu'elle n'en avait l'air. Il l'aborda dès le lendemain sur mon conseil. Elle s'appelait Charlotte Houdan et accepta d'aller boire une coupe de champagne en terrasse, place d'Erlon, en compagnie d'Amaury. Charlotte étudiait la biologie à l'université de Champagne-Ardenne ; elle se rendait quotidiennement à la bibliothèque pour préparer son Deug.

Gillon, après deux coupes, proposa à la jeune étudiante (je confirme que son buste était fourni) de l'accompagner chez lui – sur le campus. Charlotte accepta. Elle pénétra dans l'antre d'un masturbateur hors pair. Les volets étaient clos, des bouteilles mouraient sur le sol ; on marchait sur les biscuits écrasés. Charlotte aperçut les seringues, posées sur un mini-réfrigérateur, mais n'osa y faire allusion. « Je suis diabétique », lança Gillon gêné. Charlotte avait compris. Elle essaya une casquette à l'effigie de Niki Lauda et Gillon commença de l'étreindre, malaxant les fameux seins ; la future biologiste gloussa, se laissa faire, se mit à genoux et, gémissant ainsi que dans un film à caractère pornographique, plaça le sexe ému de Gillon entre ses lèvres. Le Phrère, qui n'en revenait pas de vivre ce qu'il pensait être le lot de la vie des autres – de tous les autres sauf lui – ne parvint pas à se maîtriser aussi longtemps qu'il l'eût souhaité.

Charlotte le but, puis, s'essuyant la bouche avec une feuille de sopalin, demanda à Gillon de mettre un disque de son choix ; il opta banalement pour les sonates de Mozart. La fellatrice sortit de son sac en tissu une laisse pour chien. Elle demanda à Gillon de la lui passer autour du cou ; il s'exécuta. Il fut prié ensuite – plus exactement : sommé – de tirer sur la chaîne métallique dont les maillons tintinnabulaient, agrémentant Mozart de petits solos de grelots. Ils pratiquèrent la position de la levrette, Gillon tirant sur la laisse et pétrissant les lourds seins de Charlotte. Il fut demandé à Gillon de la gifler. Il prit goût à la mise en scène, et, en amant soucieux des désirs de sa partenaire, remplit obligeamment sa tâche.

Gillon riait comme un gosse. Charlotte, pour finir, l'étouffa avec son cul, qu'elle avait posé sur son visage. Elle revint le lendemain, après la bibliothèque ; les ébats se montrèrent plus exotiques encore – Gillon dut lui pisser dans la bouche. Il nous avoua avoir hésité. Puis, fébrile, il l'avait aspergée de sa tisane.

Amaury Gillon fut transfiguré par cette expérience ; il ne parlait plus que de Charlotte, qui le visitait chaque après-midi pour ne le quitter qu'à l'aube. Leurs jeux avilissants lui apparaissaient comme une bénédiction : « Nous avons tous besoin d'excès. Nous avons tous besoin de souillures. » Un beau jour, Charlotte ne se présenta pas à la bibliothèque – elle avait disparu. Gillon devint fou ; il fouilla la ville. La belle avait quitté Reims sans laisser d'adresse. Ils ne se revirent jamais. Effondré, il se mit à chercher un équivalent sexuel au sein des trois promotions – en vain. Gillon avait réalisé quelques photos de ses ébats. Il les consultait sans cesse, ne pouvant s'empêcher de nous les montrer en les commentant. Charlotte y apparaissait dans toutes les dispositions du corps humain, renversée, mouillée, déculottée, à genoux, à quatre pattes, suffocante, attachée – fessée.

Je trouvais extraordinaire que cet opéra sexuel eût eu lieu dans ce décor aberrant, triste à mourir, de notre campus.

Gillon était tombé amoureux. Il avait atteint les abords du romantisme le plus pur par le biais de la porcherie charnelle. Dans l'immense détresse où le départ de Charlotte l'avait laissé, il se mit à composer des morceaux sur un petit orgue électronique défectueux. Une de ses chansons, « Je survivrai », perdure sur une cassette BASF que je possède dans le phénoménal capharnaüm de mes placards. Il y avait ajouté des bruits de sa partenaire en train de jouir et, sur le refrain, avait mixé le tout.

Les heures ne cicatrisaient pas. L'existence de Gillon ressemblait à une plaie béante. Ces années rémoises, engoncées dans une époque hermétique, fermée, close, furent une expérience, non de la vie, mais de la mort. Nous souffrions de tout sans répit. Nous n'éprouvions que des motifs d'angoisse, de mélancolie – de chagrin. Nous noyions ces troubles dans l'abus de boisson et quelques livres. Nous perdions notre dignité à demeurer là-bas, gâchant notre jeunesse.

Même entre Phrères nous ne nous aimions pas. Nous étions associés par la même douleur, rien d'autre. Nos pensées étaient malheureuses ; nous hésitions à nous tuer. Le temps s'était mu en pierre. L'idée la plus contraire, la plus opposée, la plus lointaine à ce que nous vivions était celle du voyage – expérience extrême de l'immobilité. Prisonniers de l'espace et du temps rémois, nous le fûmes de nos pensées, indéfiniment mêmes. Le monde géodésique, municipal, universitaire, psychique, social dans lequel nous étions enfermés interdisait d'accès les événements. Ce que nous lisions dans les journaux s'évanouissait dans la nuit. Gillon entra en dépression et fut hospitalisé au CHU de Reims. Il avait glissé à Garabédian, qui l'avait aussitôt retranscrit sur un petit carnet délabré : « Je ne sais pas ce qu'il en est pour toi et pour les deux autres, mais, personnellement, je commence à être envahi par une certaine appréhension. »

8. – Bertrand Eyqualle affichait une certaine proximité avec les Phrères. Il appréciait les leçons de karma de Garabédian qui lui avait rappelé, un soir d'avril, devant la médiathèque de l'école, les fondements de la bipolarité de l'énergie, les bases de la complémentarité du yin et du yang selon une « colonne vertébrale affirmée ». C'était autour de cet axe que pouvait éclore une énergie « disponible et souple ». Eyqualle, râblé, le sourcil froncé, effectuait près du couvent des Jacobins un stage d'audit dans un cabinet de dimension régionale. Dès son arrivée, il fut pris en grippe par son responsable, M. Gabeau, Christian, lui-même diplômé de l'ESC Reims (promotion 1978).

Âgé de trente-six ans, moustachu, instamment chauve, pâle, égoïste, Gabeau Christian était un célibataire endurci qui vivait rue Chanzy au rez-de-chaussée d'un immeuble des années soixante en compagnie de Lulu, un chien chinois à crête de punk. Le samedi, il jouait de la trompette dans une formation bancale qui répondait au nom de « Quintette-bêche ». Le quintette (bêche) privilégiait les hommages à John Coltrane et Charlie Parker, dans un style qui les remettait une seconde fois en terre. Le dimanche, Gabeau Christian allait se promener en forêt où il se plaisait à observer, dans les flaques et les étangs, les pattes des tipules, fines comme des épingles.

Un midi que je déjeunais à la terrasse du Reinaldo avec Eyqualle – à qui je vantai non sans pédanterie la force du *Fleuve Alphée* de Caillois –, je vis mon camarade s'étouffer de rire. Je l'interrogeai sur cet esclaffement. Il me désigna du doigt, qui traversait la rue, ledit Gabeau – Christian. « C'est mon chef », ricana Eyqualle. « Je ne vois pas ce qu'il y a de si drôle », dis-je. Mon condisciple me narra les humiliations auxquelles Gabeau Christian se livrait sur lui. Il le forçait à rester de longues heures après la fermeture des bureaux, le contredisait systématiquement en public, moquait son incompétence lors des réunions, osait des plaisanteries sexuelles peu opaques (Eyqualle ne faisait pas mystère de son homosexualité) et le menaçait d'une mauvaise appréciation à l'issue du stage.

Nous empruntâmes la rue de Talleyrand – j'accompagnai Eyqualle jusqu'à son lieu de travail. Soudain, Bertrand sembla vivement intéressé par une flaque d'eau sale. Je le vis sortir un sac de bonbons acidulés de sa poche – de ceux qu'on vend dans les cinémas – et choisir avec soin un petit crocodile rose translucide dont le ventre, mat et blanc, semblait de guimauve. Il trempa l'animal sucré dans la flaque et le recueillit, après cette courte baignade qui aussi bien était un baptême, dans un mouchoir en papier. Il rangea le reptile souillé dans la poche extérieure de son costume. Je lui demandai, interdit, ce qu'il venait de faire. Il avait remarqué, au bureau, une bonbonne remplie à ras bord de ces sucreries et s'était avisé que Gabeau, Christian, en faisait grande consommation. Aussi, Eyqualle, aussitôt qu'il en avait l'occasion, punissait-il son responsable à sa façon. S'absentant aux toilettes, il lui arrivait, plusieurs fois par jour, de doucher les précieuses friandises de son urine et, pis encore, de se les carrer dans l'entre-fesse. Assis sur les nounours, les caïmans et les fraises, les frites et les myrtilles synthétiques, Eyqualle jouissait de la vénénosité de ses mets maudits en instance de digestion. Lorsque les gélatines au sucre avaient bien sué dans le fondement vengeur de mon camarade, il s'en allait les extraire de leur grotte aux cabinets, puis les installait dans la bonbonne, parmi les éléments sains. De son bureau, exultant de l'intérieur, heureux comme tout, il observait le déroulement de sa roulette russe. Lorsque, par petites poignées machinales, inconscientes, heureuses, Gabeau Christian se servait, Eyqualle entrait en extase. Il jubilait en voyant son méchant patron mâcher les rescapés de cette macération de l'impossible.

Il se demandait, joyeux, quelles complications digestives, quelles attaques virales, quels assauts microbiens, viendraient perturber le bon fonctionnement physiologique de son tortionnaire à la petite semaine. Eyqualle fixait la bonbonne avec délices. Les oursons contaminés, sourire au museau, se mélangeaient docilement à leurs confrères comestibles – rien ne distinguait, dans ce naïf paradis des couleurs, les individus inoffensifs des barbouzes nocifs. Gabeau Christian, à son incroyable insu, se nourrissait – bien qu'à doses nanoscopiques – des déjections de son stagiaire. Heureux de sa prestation, qu'il recommençait chaque jour, Eyqualle compensait le nombre de ses brimades par la qualité des soins qu'il apportait à contaminer des régiments de nounours.

Gabeau Christian se mit à regarder Eyqualle avec une invraisemblable animosité. Il avait des doutes, mais ne savait sur quoi. Son cerveau ne parvenait pas à reconstituer la saga – il eût été plus simple de se représenter un univers au sein duquel le temps n'était pas né. Eyqualle récolta à l'issue de son stage une appréciation médiocre ; pour célébrer sa défaite, il se rendit au cinéma voir un navet. En mâchant des alligators fluorescents.

TROISIÈME ANNÉE

1. – La troisième année commença fort mal pour Garabédian puisqu'il n'y fut pas admis. Ses notes, désastreuses, en comptabilité (générale et analytique) ainsi qu'en « finance 2 », ne lui permettaient *a priori* pas de nous rejoindre. Son sort dépendait du grand jury : les étudiants « tangents » avaient le recours de jouer leur va-tout face à des membres du corps professoral et directorial. L'élève se retrouvait seul face à ses juges pour défendre son cas. Cette difficile épreuve était publique, mais l'assistance, tolérée au nom de la transparence, n'avait aucunement le droit d'intervenir ni de troubler le déroulement de la séance. Pour Garabédian, la salle était comble. Même, on avait refusé du monde ; son entretien fut retransmis sur des écrans de télévision installés dans les couloirs.

Le problème de notre Phrère était son bégaiement : il parvint à le mater presque. Face à lui se trouvait un chauve sinistre et bigleux, vêtu d'un costume anthracite et d'une cravate rouge : Antard, une des terreurs de l'ESC, expert-comptable. Son avis, rarement favorable, faisait autorité ; lui déplaire, c'était insulter l'âme de la Chambre de commerce et d'industrie de la région Champagne-Ardenne. Il prenait tout *personnellement* ; sa susceptibilité était célèbre. Ceux qui avaient passé les épreuves orales d'admission face à lui se décrivaient comme les rescapés d'un séisme, d'un attentat, d'une guerre sale.

Aux côtés d'Antard se tenaient, impeccables, hiératiques et fermés, deux inséparables bouledogues, responsables de « l'antenne marketing » : Krokov et Sucheux. Jean-Paul Krokov, auteur d'un ouvrage reconnu sur le management, ne supportait pas les anglicismes ; au mot de « marketing » il préférait celui de « marchéage » ; Philippe Sucheux avait publié un « Que sais-je ? » sur le management et préparait un imposant volume consacré aux points de vente. Krokov, jeune veuf (il avait quarante ans et sa femme, Alexandrine, avait succombé l'été précédent à un infarctus lors d'une partie de badminton), était irritable et dénué d'humour. Sucheux, de la froideur du boa, ne dormait que trois heures par nuit : sa vie se bornait à la préparation de ses cours et à la rédaction de ses manuels. Quelques années plus tôt, les deux compères avaient commis un ouvrage commun : *Marketing et management*, rebaptisé le « Krokov et Sucheux ».

Le quatrième membre du jury n'était autre que la directrice adjointe de l'école, Annie de Gaudry, revêche, glaciale, incapable de saluer un étudiant dans les couloirs. Garabédian était maudit ; on n'eût pu imaginer jury plus teigneux ni aréopage moins prompt à la clémence.

Notre Phrère s'était préparé comme un diable ; nous l'y avions aidé, le harcelant de questions improbables et méchantes. Il s'agissait pour le candidat, non seulement de faire montre de ténacité, mais de justifier ses errements dans les matières non validées. Vêtu comme un banquier, une serviette à la main – vide, destinée seulement à lui donner de la contenance –, Garabédian fit une série de pompes en compagnie de Caillette, passa de l'eau fraîche sur son visage, hurla depuis sa fenêtre un cri de guerre stupide qu'il avait inventé dans la nuit, prit l'ascenseur, arpenta les couloirs sous les encouragements et, tel un toréro condamné d'avance, pénétra dans l'arène.

Julien fut sommé de se présenter ; il s'exécuta avec nervosité. Sur son visage tendu s'affichait un sourire forcé qui ressemblait à une cicatrice. « Qu'avez-vous à nous dire, M. Garabédian ? commença Sucheux.
– Que je suis heureux dans cette école », répondit le

sondé. « J'ai à vous dire, continua théâtralement le poète, que je suis passé par des tourments dont pe-personne ici ne peut avoir l'idée. » Dubitatif, méfiant, Antard, qui en avait vu d'autres et ne comptait pas se laisser emberlificoter, lâcha un : « Qu'est-ce à dire, monsieur ? » suivi, de la part de Krokov qui semblait déjà se délecter, d'un « Attention à votre réponse, je vous conseille de ne pas nous prendre pour des marioles ». L'emploi du mot « monsieur », dans les questions formulées par Antard, signifiait que Garabédian, s'il eût eu la tentation d'adopter une attitude infantile, était considéré céans, pour le pire, comme un adulte responsable de ses actes, de ses paroles, de ses résultats ; « monsieur » trahissait l'expression d'une inclémence manifeste.

Garabédian fut déstabilisé par cet avertissement. Concentré sur son énergie tantrique, tourné vers des soleils chamaniques dont lui seul possédait l'usage et le secret, il ne se dégonfla point. Livide, shakespearien, définitif, ultime, il fixa Krokov droit dans les yeux. Le mensonge qu'il allait proférer était là, frotté contre les gencives, prêt à bondir comme un tigre de la cavité buccale, lisse et rond dans sa belle perfection sphérique, se souvenant que tout à l'heure encore il n'était qu'un brouillon, un avorton, une hypothèse, un balbutiement, une option – mais ce mensonge, celui qui allait sourdre de la bouche un peu tremblante de Julien Garabédian, avait été élu meilleur mensonge de la nuit-portant-conseil ; il avait éliminé au finish tous ses concurrents. Il avait été choisi entre tous pour sa confondante témérité – sa merveilleuse audace. Ce que s'apprêtait à lâcher le Phrère cachemirien tenait de l'art. Pourquoi n'existerait-il pas, au royaume de l'affabulation, de véritables chefs-d'œuvre ? Celui-ci s'augmentait en outre d'un monument de culot. Le mensonge et le toupet semblèrent, ce jour-là, s'allier en un cocktail Molotov. Garabédian, qui l'avait expédié sans ciller, menton levé et torse en avant, attendit des balles qui restèrent bloquées dans les fusils enrayés.

Les regards de Garabédian transpercèrent les yeux de Krokov, aveuglés. Il lâcha sa bombe : « Il y a six mois, jour pour jour, ma petite amie a rejoint votre femme au pa-paradis… Accident de la route. » Krokov, instantanément, fut K.O. Il opéra un imperceptible mouvement de menton, renifla, se gratta la tête – il était hors jeu.

Sucheux se racla la gorge. Antard, suspicieux, adressa un regard interrogatif à Annie de Gaudry, qui, perturbée, osa la saillie suivante : « C'est bien vrai ? » Puis, gênée par sa propre maladresse, elle enchaîna des banalités : « Pourquoi n'êtes-vous pas venu nous en parler plus tôt ? » et « Nous sommes là aussi, comme une grande famille, pour entendre vos drames ».

Garabédian baissa la tête et laissa échapper un « pardon » si génialement chuchoté qu'il bouleversa l'assemblée. Antard, seul à bord sur le vaisseau du doute, tenta une ultime percée : « Écoutez mon ami, cela est fort triste, mais… » Krokov, gagné par l'émotion, l'interrompit : il clama devant l'assistance médusée qu'il s'agissait là, d'évidence, d'un cas de force majeure et que « monsieur Garabédian » (ce n'était plus « monsieur » d'un côté et « Garabédian » de l'autre, mais une appellation désormais réconciliée avec la bienveillance et accordée aux respects dus à la dignité de la personne) se verrait signifier par un courrier en recommandé, dans les heures à venir, et sans qu'il soit davantage besoin de délibérations obscènes, son passage en troisième année. Malgré ses doutes, peu minces, Antard acquiesça, acceptant davantage de s'être fait berner pour la seule fois de sa vie par un étudiant que de passer pour insensible au malheur de son cher Krokov.

Nous fêtâmes la victoire. Sa prestation avait doté Garabédian d'une importance nouvelle au sein du groupe. Il avait si bien menti que Caillette déclara qu'une jeune fille avait dû bel et bien perdre la vie il y a six mois, au jour imaginé par Garabédian, dans un accident de la route. Le héros du jour se sentait dans la position d'un boxeur remportant son premier titre.

Garabédian fut reçu le surlendemain par Ajenta en personne, qui lui présenta ses condoléances. « Je sais que les résultats décevants de vos partiels sont la conséquence concrète des événements dramatiques de votre vie », lui déclara le directeur de l'école. Garabédian sentit poindre des tréfonds de son être les prémices d'un fou rire. « Courage… Si ça ne va pas, n'hésitez pas à venir m'en parler *personnellement.* » C'est alors que le rire éclata, puissant, tonitruant, extraordinaire. « Je sais, ça fait souvent ça… Vous êtes suivi par quelqu'un ? » Garabédian, qui n'était que rire, fit un non de la tête. Ajenta, l'espace d'une seconde, sembla traversé d'un doute, comme avant lui Antard. Puis, prenant une longue respiration, il tapa amicalement sur l'épaule du menteur. « À bientôt jeune homme… Je suis là. »

Trois jours semaines plus tard, Ajenta fut arrêté pour délit d'initié. Nous le vîmes, menotté, entre deux policiers, traversant l'esplanade de l'école ; la scène fut diffusée aux actualités régionales que nous regardâmes, éberlués, dans la salle du foyer. Garabédian, qui jouait au baby-foot, s'arrêta net : « Il est innocent. » Nous lui demandâmes pourquoi. « À sa façon de taper sur l'épaule des veufs, il est innocent. »

2. – Garabédian eut un choc. Mayrita Pettersen, jeune Norvégienne venue étudier à l'école dans le cadre d'un jumelage avec l'université de Tromsø, lui apparut dès qu'il la vit comme indispensable à son existence. L'automne rémois proposait un assortiment de jaunes entrelacés, d'oranges cuits, de rouges morts. Les cèdres du parc Saint-John Perse persistaient dans leur deuil, annonçant des jours tombants et des fatigues provisoires. La nature était prête à s'enfoncer dans la nuit.

Garabédian n'y alla point par quatre chemins ; prenant les hypothétiques prétendants de court, il manifesta ses ambitions auprès de la jolie brune à la première occasion (la première « soirée cab » de la saison). Renforcé à ses propres yeux par l'acte d'héroïsme chimiquement pur qu'il avait accompli lors de son passage devant le grand jury, il se sentait désormais invincible, intelligent – beau. Il usa de sourires, de bagout, de verres généreusement remplis, caressant de temps en temps les cheveux de sa belle tandis qu'il la baratinait.

Il se rendit sur la scène, se livrant à une prestation sonore abasourdissante où, sur un solo métallique de Serge-Éric Bouchard, un Québécois venu préparer chez nous le DESCAF (Diplôme d'études supérieures commerciales, administratives et financières), il avait sur « Perfect Day » ébloui l'assistance. Non que son chant fût correctement placé : mais s'étaient échappées de lui, par paquets visibles à l'œil nu, une énergie colossale et une vérité – pathétique – dont la plupart des étudiants eussent été incapables. Garabédian était ridicule, mais le ridicule est un mode de dévoilement de l'Être.

À la fin de sa partie, il lâcha une allusion à la Norvégienne de ses rêves, qui rougit de l'hommage. Il la rejoignit en sueur, parfaitement survolté, aussi fier de lui que s'il se fût envolé vers les cieux en battant des bras. Mayrita fut certainement conquise, qui passa la nuit tout entière à embrasser l'Arménien chamanique. Garabédian n'osa point aller plus loin que de simples baisers ; encore vierge, il était terrorisé par le concept d'intromission, se réservant ce courage pour des jours plus lointains. Mayrita sembla un peu étonnée, pour ne pas dire déçue, de ce que cette étape restât infranchie ; elle s'imagina qu'il s'agissait là de l'expression d'un romantisme à la française – au pays de Ronsard, la chair succédait aux déclarations poétiques, aux gestuelles douces, aux poses ténébreuses et aux poutous.

Transi d'amour, Garabédian multiplia les outrances : il composa un début d'opéra pour sa mie, qu'il chanta sous ses fenêtres en hommage aux troubadours ; peu lui importait que ses déclamations *a capella* fussent couvertes par l'assourdissant bruit des camions-poubelles. La façon était ancienne – les sentiments ne se démodent pas. La jeune femme fut sensible à cette mignonne folie, même si pressée de se sentir mieux femme au milieu des nuits partagées. Elle avoua, un soir d'ivresse où elle l'avait à plusieurs reprises appelé « mon petit nénuphar », que Julien lui plaisait. Elle s'assombrit quand fut abordée la question de son retour en Norvège. Ses études terminées, elle rentrerait dans sa ville natale, Tromsø, à trois cents kilomètres au nord du cercle polaire. Garabédian offrit une bague de pacotille à sa fée subarctique. Il lui promit un avenir avec des enfants dedans. Mayrita, émerveillée par la candide pureté de ce Phrère, rit beaucoup, but beaucoup. Elle fit bon accueil aux projections fantastiques déroulées par ce saltimbanque échoué en terre de *management*. Le jour qu'elle quitta l'école, au bout de trois semaines qui passèrent plus vite que le claquement d'un fouet, Garabédian fut la proie des larmes. « Si tu m'aimes, viens me chercher », avait déclaré sa fée polaire avant de monter dans le train ; puis elle s'était dissipée dans la brume.

Malade de chagrin, Garabédian, pendant des semaines, écrivit de longues lettres à Mayrita ; il ne reçut qu'une ou deux réponses – polies. Il lui acheta des robes, des petites culottes, des friandises, des disques compacts qu'il envoya par colis recommandés. Il n'osa point user du téléphone – Mayrita Pettersen vivait chez ses parents, fort âgés, qui avaient « les sonneries en horreur ». Désespéré de cette séparation, Julien Garabédian commença de sécher les cours plus que de raison. Ses résultats aux partiels de nouveau chutèrent. Il savait qu'en cas de deuxième convocation au grand jury, il ne pourrait pas faire mourir une autre fiancée. Il lui fallait remonter la pente ; et, à cette fin, pour reprendre des forces, revoir son amoureuse, ne fût-ce que quelques jours, quelques heures – quelques minutes. Il l'imaginait aussi enferrée que lui dans le chagrin, la solitude, laminée par le poids de l'absence. « Le véritable amour, me glissa Garabédian, possède cette particularité que lorsque tu ressens quelque chose de violent, tu sais que l'autre, à des milliers de kilomètres de là, éprouve la même chose à la virgule près. »

« Je pars », nous annonça-t-il à l'issue d'un devoir surveillé d'allemand des affaires. Garabédian ne possédait pas un sou vaillant. Il avait dû contracter un emprunt à la Société générale pour financer ses trois années à l'ESC et, sur un coup de tête, brisé son absence de tirelire pour s'en aller vers la toundra. La passion avait été la plus forte : direction la Laponie muni d'un billet non remboursable. Dans sa précipitation, excité à l'idée de la surprise qu'il réservait à son amoureuse, il n'avait emporté qu'un numéro de *L'Équipe* et le second tome de *Guerre et Paix* (qu'il n'avait jamais lu) au lieu du premier.

Parti à cinq heures trente du matin, Garabédian prit un premier train qui le mena jusqu'à Osnabrück, puis Cologne. Il changea à Hambourg, où, après avoir dormi dans la gare, il attendit le train pour Copenhague. Il arriva à minuit sonnant dans la capitale danoise où le froid le tétanisa (il n'était vêtu que d'un perfecto). Il passa la nuit dans une auberge de jeunesse ; il le regretta : les tarifs étaient supérieurs à ceux – il l'apprit plus tard – pratiqués à Malmö (passer par la Suède était une autre option). Il emprunta deux trains qui le menèrent à Bodø ; de là, il emprunta un autobus pour Tromsø. Il arriva dans l'après-midi : il faisait nuit noire et vingt-sept degrés au-dessous de zéro. Tromsø, « ville la plus septentrionale du monde », martelait une brochure que Garabédian avait lue dans le bus, était sise dans un inhabituel cosmos ; on était chez les Lapons. La ville, industrielle, débordait d'une île pour s'étaler sur le continent auquel elle était reliée par un pont qui en constituait l'unique attraction. Des silhouettes se fondaient dans le décor givré. Des maisons s'échappaient des fumerolles.

Garabédian, frigorifié (il crut mourir), aperçut le tremplin à ski le plus septentrional du monde, passa devant la cathédrale la plus septentrionale du monde, puis se rendit « chez l'habitant » le plus septentrional du monde ; il avait réservé pour dix jours pleins une chambre chez un couple de moribonds, M. et Mme Karlsen, Thénardier des glaces. Ils l'installèrent sans lui adresser un seul mot dans une chambrette au rez-de-chaussée ; un lit superposé s'y trouvait (Garabédian choisit la couche du haut) ainsi qu'un petit bureau d'enfant où se trouvaient éparpillés des crayons de couleur. C'était là que, de leur vivant, Espen et Jorgen, les jumeaux des Karlsen (ils avaient péri dans un accident de car lors d'une excursion scolaire), faisaient leurs devoirs au milieu de la décennie soixante.

Garabédian supplia qu'on lui prêtât une doudoune ; ce fut fait de mauvaise grâce. Il prenait son petit déjeuner avec le couple ; le dîner (une soupe au céleri les jours impairs, un potage aux oignons les jours pairs) lui était apporté dans sa chambre par la matrone – pour le déjeuner, il devait se débrouiller. La première nuit, Garabédian s'écroula de fatigue. Les ressorts du sommier étaient rouillés ; le lit grinçait dès qu'il bougeait. Il fut désespéré quand il s'aperçut que c'était le second tome de *Guerre et Paix* qu'il avait emporté. Pour trouver le sommeil, il lut et relut ce numéro de *L'Équipe* qu'il connaissait sur le bout des doigts.

Une odeur d'oignon frit flottait dans la maison. Il entendait sans comprendre les Karlsen maugréer : sans doute le maudissaient-ils ; Garabédian avait compris qu'il n'était pas le bienvenu. Il n'était hébergé que pour l'argent. Il ne fallait rien attendre de ces gens qui, à la première occasion, fouilleraient dans son sac (deux slips, trois paires de chaussettes, un tricot de peau, la synthèse d'un module de marketing, *L'Équipe*, un demi-Tolstoï).

N'y tenant plus, dans un froid non répertorié, s'enfonçant en chaussures de ville dans la neige épaisse et bleutée, les orteils anesthésiés, Garabédian s'enferma dans une cabine téléphonique qui le préserva de la bise cisaillant ses oreilles rouge prune. Il sortit de sa poche une feuille de papier, soigneusement pliée, où, sous une fleur naïvement dessinée, Mayrita avait griffonné son numéro de téléphone. Ça sonnait chez la femme de sa vie, qui décrocha. Elle dit « allô » en norvégien.

« C'est moi, dégaina aussitôt Garabédian, tout sourire, le cœur battant des mains.

— Toi *qui* ?

— Moi ! Ton pe-petit nénuphar ! »

Mayrita Pettersen laissa échapper un « ah » embarrassé, suivi d'un « tu vas bien ? » trop poli pour être honnête.

« Ton nénuphar a une surprise pou-pour toi, bébé ! continua Garabédian.

— Oui, Julien, j'ai bien reçu tes colis. Je n'ai pas pu répondre. J'avais beaucoup de travail, à la fac.

— Devine où je suis ?

— Où ? fit Mayrita, inquiète.

— À Tromsø ! Dans la cabine en face du lac ! »

Une voix sèche, cruelle, impitoyable, ordonna à Garabédian de se trouver à midi pile (juste avant la tombée de la nuit) à la cafétéria du centre culturel. Mayrita arriva furieuse, agonissant Julien d'injures ; elle allait se marier, il était fou à lier, elle détestait les surprises. Il fallait qu'il parte, sinon son fiancé se chargerait de son cas. Garabédian passa les neuf jours restants, dans un état de désespoir proche de la folie, à manger des soupes, avachi sur le lit du haut, lisant encore et encore son numéro de *L'Équipe* et tentant de prendre Tolstoï en marche. La nuit, malgré le froid polaire, il se réveillait trempé de sueur.

3. – Garabédian me parut fatigué ce soir-là, au restaurant universitaire où, sur les coups de vingt heures, comme d'habitude, je prenais mon petit déjeuner. Il me parla de la difficulté croissante – c'était mon cas – qu'il avait à rester sur le campus. « Sommes-nous les seuls à nous apercevoir de notre nau-naufrage ? »

La réponse était oui. Hormis Caillette, Gillon, Eyqualle, Kassel, Laugier, Mignot et moi-même, aucun étudiant, dans les trois promotions que comptait ce foireux établissement, ne semblait s'apercevoir que les voies menant au « sommet » étaient encombrées. La compétition avec les diplômés des « trois parisiennes » (HEC, ESSEC, ESCP) se révélait pour nous perdue d'avance. Caillette s'était résolu à passer les concours du Quai d'Orsay dès sa sortie de l'école. Gillon avait abandonné tout espoir d'embrasser une existence digne de ce nom ; il continuerait sa chute. Eyqualle avait démissionné de son amour-propre. Le sentiment de puissance qu'il avait ressenti en étant admissible à HEC et à l'ESSEC l'avait quitté depuis que, ayant échoué à l'oral des deux prestigieuses enseignes, il avait accepté en maudissant l'allemand (la matière qui lui avait été fatale aux épreuves d'admission) de se flétrir et de dépérir à l'ESC Reims. Il commencerait une seconde vie : celle d'un être obscur, que le désir de se distinguer par l'altitude et l'excellence avait déserté. Kassel, lui, sonné aussi par son atterrissage dans cet univers humiliant, s'était promis de devenir reporter de guerre. Laugier, secoué par les crises d'angoisse, avait commencé de poser des jalons pour produire un groupe de soul-funk, fort mauvais, baptisé Pop Battle Trip. Seul Mignot, moins défaitiste et moins saltimbanque que les susnommés, se proposait d'avoir sa revanche ; il se vengerait des mieux diplômés que lui – il fit par la suite des étincelles dans les assurances.

Nous n'étions *rien* – nous le resterions. Je ne comprenais pas pourquoi la vie se devait d'être cela : des carrières à entamer, puis à réussir. L'existence humaine se dissimulait derrière cette panoplie sociale, occultée par les fonctions, les médailles. Aller travailler, gravir les échelons, m'apparaissaient un cache-mort. Au bureau, entouré de collègues, empli de responsabilités, penché sur des dossiers, intéressé par des cas, on se soustrayait à la pensée de la mort, évitant de la regarder les yeux dans les yeux. Dans les couloirs des entreprises, les prétextes abondaient pour ne point la croiser. Tous se comportaient comme des essences éternelles – des dieux. Le petit chef de service, le responsable de la comptabilité, le directeur général, les secrétaires : confinés dans leurs alvéoles, ils s'étaient décerné un brevet d'éternité. Il s'agissait d'un faux. L'existence se déroulait ailleurs, dans la plénitude de l'angoisse et le ministère de la solitude. Chercher un emploi, y exceller, faire valoir ses diplômes, jouer des coudes pour prendre la place de quelqu'un, obtenir une promotion, doubler son salaire, investir, épargner : rien ne se situait plus près de la mort.

Caillette nous expliqua que la question n'était pas de parvenir au sommet, mais d'atteindre à l'universel. Selon lui – je souscrivis à chacune de ses phrases – nous possédions comme perspective la possibilité de ne presque jamais souffrir – le froid, la rue, la faim, et, avec un peu de chance, la maladie nous seraient *a priori* épargnés. Ce que nous allions rater en nous coulant dans le monde du travail, c'était l'expérience de la nuit. Garabédian lui opposa (c'était bien vu) que nous étions au contraire en train de l'éprouver : que trois années dans cette école de demi-sels, trois infinies années dans cette ville spectrale, nous avaient propulsés aux confins de nous-mêmes ; qu'ici, agglutinés à la multitude des satisfaits, des imbéciles, des grossiers, des butors, des contents-d'être-là, nous n'avions point échappé à la chute libre, à la déréliction, à l'exaspération d'être, au dégoût de vivre – à la fatigue d'exister. Nous avions voyagé dans cet abîme que Caillette appelait de ses vœux pour nous procurer un surplus de légitimité à nous trouver supérieurs au diplômé lambda.

Caillette récusa cette explication : cette aventure n'était que moisissure. Nous n'avions fait que singer la détresse ; nous étions restés dans la périphérie du néant. Il s'agirait de se dénuder davantage, de se rouler dans les ronces, d'atteindre un déchirement propice à nous faire perdre la raison. Il s'agirait de regarder notre être se dérober sous nos pas, se placer devant nous, nous fixer, nous cracher au visage. Nous n'avions été jusque-là que des conformistes à l'envers, de piètres contestataires – des rigolos. Aucun de nous n'avait eu le courage de démissionner. Nous étions pires que les autres qui, eux, avaient joué le jeu du cursus sans le prendre de haut – nous avions fait mine de le conchier, mais nous, les pseudo-Phrères, avions cravaché comme tout le monde pour valider nos partiels. Nous étions des cirons.

Garabédian céda du terrain. Il ferma les yeux et marmonna quelques mots. Caillette bourra ses poches de pain gratuit. « Nous n'avons pas assez ri, pas assez lu, pas assez souffert », termina Caillette. Il ajouta : « Nous sommes des larves. »

Aussitôt arrivé chez lui, Garabédian posa sur sa platine le concerto en la mineur, *opus* 54, de Schumann puis se masturba. L'éjaculation ne s'accompagna que d'un plaisir de trois virgule cinq sur une échelle de dix. Passant son sexe sous le robinet pour en évacuer le sperme, il s'observa dans la glace et aperçut son premier cheveu blanc. Il l'arracha. Son existence était la même que la mienne, qui était la même que celle de Caillette, et ainsi de suite. Nous étions associés par cette vertigineuse monotonie qui nous engluait et nous invitait à saisir sans envie ni désir notre sexe dans notre main. Au cœur des va-et-vient, nous convoquions l'image d'une fille qui n'avait jamais voulu de nous, mais que notre imagination installait *in extremis* dans notre esprit.

Il nous arrivait de feuilleter le trombinoscope, ainsi qu'on consulte un catalogue d'échantillons, pour savoir à laquelle de nos camarades féminines le solitaire hommage serait rendu.

Roger Gilbert-Lecomte, lui, avait créé *Le Grand Jeu* ; il avait fait jaillir du néant des poésies passées à la postérité. Il avait notre âge. Il était parvenu à devenir Roger Gilbert-Lecomte dans le même décor déprimant, la même ville désolée. Que faisaient les Phrères de la fin du siècle qui s'arrogeaient le droit de succéder aux Phrères du début du même siècle ? Le menton penché, la bouche tombante, l'œil pensif, ils se masturbaient. Tout ce que nous avions réussi à produire avait été du sperme. Nous nous en souviendrions quand la jeunesse nous aurait désertés en nous injuriant. Daumal, Gilbert-Lecomte, Vailland, Caillois avaient bâti des choses belles et profondes *à partir de Reims* – pas nous. Nous n'avions fait que sécréter notre propre matière. Cela ne nous avait nullement empêchés de nous décréter poètes (maudits).

Daumal, Vailland, Gilbert-Lecomte se récitaient des vers : nous n'en connaissions aucun. Nous n'eûmes pas même le cran de faire l'expérience daumalienne du tétrachlorure de carbone (« Bruit, effet, phosphènes… »). Je cessai de suivre les cours de Francis Wolff.

Un soir d'ennui, Caillette s'était rasé le crâne. Gillon s'était fait tatouer. Garabédian lisait à la nuit tombée ses vers dans les buissons interlopes. J'envoyais des lettres d'amour à des filles qui ne me répondaient pas et que je redoutais de croiser dans les couloirs. Je pleurais. Je me remis à lire des bandes dessinées. Par ma fenêtre, je ne voyais que le crépi du mur d'en face. J'essayais d'imaginer la mer verte. Cette ville, ces études n'étaient nullement en train de me forger le caractère, mais de m'anéantir. Je passais des nuits à regarder mon plafond, à grignoter des biscuits mauvais pour la santé. Des pots de confiture, de miel, des verres vides, des bouteilles entamées parsemaient le sol et le bureau. Au lever du soleil froid, j'allais me coucher. Du lichen avait commencé de pousser sur le carrelage, dans un coin de la salle de bains – près du lavabo.

4. – Toutan tirait son surnom du pseudonyme de « Toutankhamon » qu'il avait hérité du bizutage de Montalivet, deux ans et demi auparavant. Il s'appelait Ludovic Barigon. Barigon était très lié à Bavé et à Pascal Tamba. Tamba, originaire du Sénégal, était le seul Africain de notre promotion. Le racisme m'avait toujours été si étranger que détester Tamba ne me posa aucun problème : je n'allais pas le trouver sympathique au prétexte qu'il était noir. Tamba était hautain et méprisant. Son intelligence était aiguë, mais il jalousait tout le monde. C'était un être cruel (il s'était réjoui de la convocation de Garabédian devant le grand jury) que la délation n'effrayait pas. Il multipliait les sympathies pour mieux les trahir. Toutan, Bavé, Tamba : nous les intitulâmes le « trio TBT ».

Toutan, malgré son physique avenant, n'essuyait que des échecs auprès des filles et se masturbait aussi fréquemment que nous. Bavé, quant à lui, ne se risquait plus à tenter d'en séduire une seule depuis son fiasco auprès d'Aneta Grzybek. Il n'entretenait avec les étudiantes de l'école que des relations amicales et apaisées, même si, dans le compartiment du cerveau humain exclusivement réservé à l'indicible, il se livrait sur elles à des expériences outrageuses et malades.

Un dimanche après-midi d'affreux soleil (tout éblouissait tout dans une ambiance de mort pure), Tamba avoua dans le parc Saint-John Perse son homosexualité à Bavé, qui lui répondit que « cela ne le dérangeait pas *outre mesure* ». Tamba fut choqué de cet « outre mesure » qui semblait signifier qu'une gêne existât bel et bien. Il sonda Bavé pour savoir si la couleur de sa peau pût être à la source du problème ; ce fut au tour de Gérald d'être blessé. Bavé n'était pas attiré par les hommes, mais, expliqua-t-il, il pourrait parfaitement coucher avec une femme noire. Tamba, rassuré, argua que s'il avait pu avouer son secret (bien gardé jusqu'au jour où Bavé le révéla à Toutan qui, sous le sceau du secret, le répéta à toute la promotion), c'est qu'il avait ressenti chez son camarade des inclinations semblables aux siennes. Bavé nia vigoureusement toute attirance pour les individus de son sexe. Leur amitié se fissura.

Tamba multiplia les cruautés envers Bavé. Il adressa par exemple un faux courrier officiel à ce dernier lui annonçant que, n'ayant toujours pas répondu au courrier de la Défense nationale lui enjoignant de se présenter aux « trois jours » (Bavé avait laissé traîner la chose), il devait au plus vite, sous peine d'emprisonnement, faire acte de présence au 4e RE (Régiment d'instruction de la Légion étrangère) à Castelnaudary. La papier à en-tête était minutieusement imité, et Bavé, blanc comme un spectre, s'était effondré devant moi à la sortie d'un cours d'informatique. Il ne se voyait ni quitter l'école ni partir au Tchad se faire tirer comme un lapin après une formation commando au milieu de violeurs tchèques et d'analphabètes albanais. « Qu'est-ce que je vais devenir ? » gémit-il. J'observai son crâne : une légère tonsure commençait à se dessiner. « Je n'ai aucun piston... » L'oncle de Toutan, colonel de réserve, refusa d'intervenir. Pis : il alla dans le sens de l'administration militaire, affublant Babave d'adjectifs infâmants. Il existait un abîme entre n'importe quel légionnaire tiré au hasard et Gérald Bavé : l'envoyer là-bas n'était pas une erreur de casting, mais un assassinat. Il alla expliquer son cas à la direction de l'école ; mais Ajenta croupissait en prison, et son bras droit, l'inflexible Annie de Gaudry, resta de marbre et ne put proposer au malheureux que de finir sa troisième année une fois en règle avec les autorités militaires.

« Je vais me suicider », lança Bavé après un match de handball que notre école venait de perdre face à l'Institut commercial de Nancy (ICN) lors du « Tournoi Ecricome » (entité administrative réunissant l'ESC Rouen, l'ESC Reims, l'ICN et l'EDHEC de Lille). En panique, il avait appelé ses parents, qui tentèrent de prévenir le ministère de la Défense ; ils attendirent une réponse qui ne vint pas. La veille du départ (Babave avait fait ses valises en sanglotant), Tamba se rendit chez le légionnaire pour lui avouer son canular ; au lieu que de frapper son camarade, Babave s'effondra en larmes. Tamba, glacial, sortit de chez le sursitaire sans un mot d'excuse. Il ne ressentait aucune empathie pour sa victime, n'était étranglé par aucun remords. Tamba avait fait ce qu'il avait à faire : la fin de non-recevoir de Bavé lors de son *coming-out* méritait un châtiment à la hauteur de l'humiliation. Tout était de la faute de Babave : c'était lui, par son être même, à son insu mais qu'importe, qui avait incliné Tamba à se dévoiler.

Toutan tenta de réconcilier Babave et Tamba. « Ce type est une horreur », conclut le piégé. « Je déteste les gens qui n'assument pas leur sexualité, asséna Tamba. C'est une *honteuse*. » Toutan fit valoir à l'auteur du canular que cette dénomination était démodée. Tamba ne devait jamais en démordre : Babave l'avait contraint de sortir du bois et s'était dégonflé.

Dix-huit ans plus tard, je croisai Babave rue Caulaincourt, à Paris ; il ne me vit pas. Il se promenait main dans la main avec un homme. J'ignore ce qu'est devenu Tamba. Toutan a quitté la France pour la Belgique – l'aventure. Garabédian aussi avait « deviné » l'homosexualité de Bavé. Je me contrefichais de ces histoires ; les catégories sexuelles sont des aberrations. Il existe une sexualité par personne, comme il en va des empreintes digitales. Bavé tenta de se venger de Tamba en écrivant un article dans *L'Escroc* ; Pascal parvint à le déprogrammer à la dernière minute et le fit remplacer par un papier signé de lui dans lequel, avec une cruauté dépassant les bornes, il laissait deviner au lecteur les mœurs de Bavé, rebaptisé « Bavette » pour l'occasion – on se fût cru dans les colonnes d'un torchon fascistoïde d'obédience vichyste. Babave paya un butor, au prix fort, pour laver l'outrage ; trois jours après la parution de l'infamie, Tamba fut passé à tabac dans un parking souterrain de la place d'Erlon alors qu'il sortait du cinéma. Il porta plainte sans parvenir à établir la culpabilité de Babave. Il demanda d'achever sa scolarité (il restait trois mois à tirer avant le stage final qui clôturait nos trois ans d'« études ») à l'ESC Rouen et fut, après de laborieuses tractations, finalement exaucé.

Toutan, pour une trouble histoire de cas de marketing collectif auquel il n'avait fait qu'apposer son nom sans travailler avec le reste de son groupe, se brouilla avec Bavé, ce qui sonna le glas du trio TBT. Il tenta de se rapprocher des Phrères, mais notre cénacle se délitait : nous n'étions que des paumés épars, rassemblés ponctuellement chez Garabédian ou Gillon – plus rarement chez Caillette (à cause des exhalaisons pestilentielles de son studio), jamais chez moi – pour médire des autres, page après page, feuilletant le trombinoscope. Nous crachions sur tout le monde jusqu'à l'aube puis, rasant la lumière du petit matin comme d'autres rasent les murs, chacun rentrait dormir, abruti de fatigue et d'aigreur.

L'air de l'aube était humide ; les silhouettes des immeubles, lugubres. Le jour commençant nous souillait. Nous suffoquions. Nous devenions méchants. Caillette avait fait une découverte magnifique en opérant des recherches à la bibliothèque municipale ; il était venu en pleine nuit, dans mon taudis, muni de la photocopie d'une lettre de

Gilbert-Lecomte où celui-ci décrivait, avec une poignante détresse, l'horreur qu'il ressentait de se trouver seul à Reims : « Mais à quoi reconnaissez-vous que je suis mort ? » Reims respirait la mort. Il arrivait à Gilbert-Lecomte, pour oublier la cité des Sacres et s'oublier, de dormir vingt-six heures d'affilée. Il se décrivait dans la lettre comme « stagnant, épuisé d'immobilité ». Nous séchions les cours de droit des affaires à l'ESC ; il séchait les cours d'anatomie à la faculté de médecine. « Je suis pris au piège du clan des Mouches. Enfer. »

Lorsque Toutan, dans la brume où nous marchions en sortant de chez Garabédian, me déclara qu'il voulait intégrer notre lamentable bande, je lui répondis : nous formons le clan des Mouches. J'ajoutai : des mouches à merde. Il tenta de me persuader en me parlant d'exploits extravagants qu'il avait réalisés, comme se faire enfermer dans un cimetière et dormir sur une tombe, manger des piments, introduire des barres de nougat dans le vagin d'une vieille femme. Cela me laissa de marbre. Il évoqua, pour achever de me convaincre, des nuits passées à tester les hallucinations provoquées par un champignon importé de Managua ; enfin, ne sachant plus quoi déblatérer pour me choquer – pour me séduire –, il se lança dans une apologie des « soupeurs ».

À force de la lire, je connus la lettre de Lecomte par cœur. Je la récitai *in extenso* à Toutan avant de prendre congé de lui. Elle se terminait ainsi : « Dieu saura reconnaître les chiens. »

5. – Dans une lettre du lundi 3 janvier 1927 adressée à Léon Pierre-Quint (qu'il appellerait bientôt « mon chéri »), Roger Gilbert-Lecomte, au même âge que nous, bloqué dans la même ville que nous, se décrivait « très seul et dans la nuit ». « J'aime, continuait-il, que vous parliez d'ennui. Je sens intensément cette vaste conscience de vide que certains semblent vouloir ranger parmi les anachronismes de bric-à-brac romantique. » En février, au même destinataire : « Je suis bien seul. Coquilles, coquilles d'œufs vidés, peau morte, vie morte. » En mars : « Je m'ennuie, mais surtout j'ai une peur angoissée à l'idée de ce que sera l'ennui de demain et des jours suivants – toujours, toujours plus vaste et vide. » Quelques jours plus tard : « J'appartiens au monde des larves, on me l'a dit un jour. » En avril : « Lundi s'est passé : sommeil, occupation d'automate, sommeil. » Puis : « Les heures après les heures, les jours après les jours et l'approche de l'horrible dimanche solitaire et provincial. » Et : « Aujourd'hui j'ai un sale désespoir chantonnant et rythmé » ; « Quelqu'un me demandait un jour pourquoi tout ce que j'écrivais était lugubre alors qu'au naturel je n'ai pas un caractère particulièrement sinistre. C'est que, quand j'écris, je suis seul et que chaque fois que je suis seul, je me trouve désespéré » ; « Chute de soleils noirs et d'enclumes brûlantes dans la nuit glacée ». Au mois de mai, le mercredi 18, jour de ses vingt ans : « Tout est plat et il n'arrive jamais rien. »

Reims était une boîte de conserve dans laquelle nous étions emprisonnés. Roger Gilbert-Lecomte l'avait connue avant nous – il en était mort. Nous mourrions aussi d'être ici. Reims nous avait inoculé son poison. Comme Gilbert-Lecomte, je m'échappais parfois à Paris. J'y dormais, rue des Eaux, chez un camarade du lycée Descartes qui, plus chanceux que moi, avait intégré l'ESCP. Il avait nom Childéric Montrachet ; c'était un ténébreux que les femmes aimaient parce que, ne prononçant jamais un mot en leur présence, elles le trouvaient mystérieux.

Montrachet était bisexuel ; il s'était glissé une nuit dans mes draps. Quand je l'en expulsai, il me répondit, gêné, que je n'avais « aucun humour ». J'étais parti le lendemain, mal à l'aise ; il avait déchiré, me les lançant par la fenêtre comme des confettis, toutes les lettres, amicales, que je lui avais envoyées depuis que les concours nous avaient séparés.

Je tombai amoureux, lors d'un week-end où Montrachet m'avait hébergé, d'une étudiante aux arts décoratifs : Maeva Basquier. Je lui avais souri dans l'escalator de Beaubourg, en descendant, puis elle était venue, contre toute attente, m'adresser la parole : « Je te plais ? » Nous ne coucherions jamais ensemble.

Nous arpentions Paris le dimanche et je lui montrais des maisons, des immeubles où avaient vécu mes idoles. Je lui révélai à Saint-Sulpice *le grand secret* de Léon Bloy. Je l'emmenai au 1 bis, rue Vaneau où avait vécu André Gide : j'y avais fait connaissance d'un couple de retraités qui habitaient au rez-de-chaussée de l'immeuble et étaient devenus mes amis. Je la fis rire devant le caveau de Raymond Roussel au Père-Lachaise, pleurer sur la tombe d'André Breton aux Batignolles. La sépulture de Tristan Tzara, à Montparnasse, était recouverte de lierre ; nous la quittâmes pour visiter celle de Caillois, en bordure de division – une dalle de grès ornée d'un coquillage incrusté. Je lui promis de l'emmener à Berlin déposer des fleurs sur la tombe de Hegel, à Bruxelles pour prier – d'une prière de notre invention – sur celle d'Alexandre Kojève.

J'écrivis à Maeva, que je surnommai « Calicène », des centaines de lettres (parfois dix dans la même journée). L'amour, à cet âge, est une maladie. Mes lettres en étaient l'expression studieuse.

Pour ses vingt ans, je déposai au kiosque à journaux de son quartier (Richard-Lenoir), où elle achetait *Libération* chaque matin, une bande dessinée de vingt pages, réalisée par mes soins à l'encre de chine et dont elle était l'héroïne – j'étais, non sans fierté, parvenu à restituer parfaitement ses traits, son allure, légère, aérienne, frivole avec ses salomés à boucle de poupée et son petit sac à dos cousu de fleurs. Je demandai à la kiosquière de rouler mon album, dûment broché, dans le *Libé* de Maeva.

Je la présentai à Childéric Montrachet. Il ne tomba pas amoureux d'elle, mais amoureux de l'amour que j'avais pour elle ; quant à Maeva, je sus dès le premier instant qu'elle avait succombé au charme de Montrachet. Plutôt que de la garder pour moi, de la soustraire aux regards concurrents, de la préserver de la faune, je l'avais jetée dans la fosse au lion. Ils se revirent. Pris dans ma toile rémoise, je ne pouvais contrôler leur manège parisien – Reims et mes échecs scolaires me punissaient une fois de plus.

N'y tenant plus, je pris le premier train pour la capitale ; il faisait encore nuit quand j'arrivai rue des Eaux. Je me tapis dans la cour. Les lumières des cuisines, des salles de bains, commencèrent de s'allumer ; l'appartement de Montrachet s'illumina à son tour. Une heure plus tard, je vis Maeva sortir de l'immeuble, seule, pimpante et superbe avec sa petite queue-de-cheval balayant l'espace et ses taches de son sur les joues. Je l'alpaguai. « Oui, je suis sans doute une salope. Mais lui, je l'aime, et toi, je ne t'aime pas. Je ne t'ai jamais aimé. Va-t'en, fous-moi la paix. Je ne veux plus *jamais* entendre parler de toi. » Je me mis à pleurer, à implorer. Je m'agenouillai, serrant ses jambes afin d'empêcher sa marche.

« Lâche-la ! » hurla une voix venue du ciel. C'était Montrachet, encore hagard de sa nuit – de sa nuit d'amour, de sa nuit de volupté, de sa nuit de ciel bleu. Je n'en tins pas compte, me roulant par terre, me souillant dans les flaques d'eau sale. Je hurlai à Maeva que je l'aimais comme jamais je n'avais aimé personne ; qu'elle était tout pour moi. Elle resta impassible, menaçant d'appeler la police. Je reçus un coup de ceinturon qui me rappela de vieux souvenirs ; Montrachet me frappa de toutes ses forces tandis que j'agrippais Maeva par la taille, lui promettant d'être le plus grand amoureux de tous les temps et de lui apporter tout le bonheur qu'elle méritait. « Lâche-la, saloperie ! Tu as vu ta gueule ? Elle ne t'aime pas ! Tu comprends ? Dégage ! Gueule de singe ! »

Mort de chagrin, lacéré par le cuir de la ceinture (la boucle du ceinturon m'avait ouvert l'arcade sourcilière et le sang pissait), j'abandonnai, me roulant en boule sur le pavé entier dans une flaque un peu profonde aux reflets versicolores, huileux). Je rentrai à Reims piteux, transpercé de douleur, incapable de me projeter dans les heures à venir, qui m'apparaissaient comme des chiennes prêtes à me déchiqueter.

Le soir, d'une cabine empestant l'urine, en larmes, j'appelai Maeva. Contre toute attente (je l'imaginais dans les bras de son ténébreux matamore) elle décrocha. Je pleurai, lui signifiai que si elle ne me redonnait pas une nouvelle chance, je me suiciderais ; que je possédais dans le poing, une plaquette de somnifères que j'avalerais aussitôt que nous aurions raccroché. Elle me demanda (mais ne me supplia aucunement) de ne pas commettre cette « bêtise ». Maeva n'avait aucune idée de ce que représentait le syndrome Roger Gilbert-Lecomte : gâcher sa jeunesse à Reims, plongé dans une solitude sans fond. Je mentais : je ne possédais rien de chimique à proximité pour attenter à mes jours. Je mimai donc mon agonie, en comédien accompli : des râles, effrayants et progressifs, étaient supposés faire comprendre à l'ultime femme de ma vie que la situation devenait irréversible ; je faisais mon entrée dans la mort, et c'était de sa faute. À aucun moment je n'obtins ce que j'avais rêvé de déclencher : un mot d'amour, une expression douce – une confidence réparatrice. Elle ne lâcha rien ; la seule chose qui lui importait fut de n'avoir point mon décès sur la conscience, insistant pour que j'appelasse les secours (ou que je lui donnasse mon adresse afin qu'elle les prévînt elle-même depuis la capitale). Dans une ultime suffocation, surjouée mais efficace, je raccrochai. Je n'étais pas mort ; dire que j'étais vivant serait exagéré.

Quelques semaines plus tard, un ami orléanais, que nous avions croisé une ou deux fois avec Maeva (il habitait son quartier), croisa mon amoureuse. Il lui demanda si elle avait des « nouvelles de Yann ». Mâchant son malabar, elle fit une bulle qui éclata en claquant comme un paquet de mer contre un rocher : « Il est mort, non ? »

6. – « Tu as peur, avait écrit Roger Gilbert-Lecomte. Tu trembles devant le futur ennui de la laide monotonie de Reims la très plate. » Il avait ajouté : « N'est-ce que cela ? Ne te souvient-il pas que sur sa laideur, qui a d'ailleurs sa poésie pimentée et perverse, il y a le ciel, le grand ciel immémorial à contempler ? Je laisse à d'autres la joie de fêter l'aurore aux doigts rosés. »

J'eusse aimé que nous fussions ces autres – nous n'étions que des minus. Je passai un soir de mai aux Coteaux : Darboux y fêtait ses vingt-trois ans. Je pénétrai dans la pizzéria au moment où Elcano et Daquin, devant un Bavé fasciné, montèrent sur la table ; ils furent rejoints par Zahler. La tablée, où Béatrice Zughof avait été conviée et qui était nombreuse et avinée, commença d'entonner en chœur : « Allez Daquin montre-nous tes fessseu ! Allez Daquin montre-nous ton cul ! » Daquin s'exécuta, imité sur-le-champ par Elcano et Zahler. Le postérieur à nu, pantalon sur les chaussures, culbutant les bouteilles de vin piquant et piétinant les plats, faisant brinquebaler la table, les trois compères, hilares, effectuaient des va-et-vient avec leur slip. Elcano, d'un mouvement de hanche obscène, tendait sa croupe vers les autres tables, où les clients s'amusaient de constater qu'il y avait encore, Dieu soit loué, des étudiants pour faire des étincelles dans leur ville éteinte.

Je rebroussai chemin. Je me demandai combien, parmi eux, se doutaient que derrière le mur mitoyen se trouvait un des hauts lieux de réunion – de saoulerie – des Phrères simplistes ; les Coteaux jouxtaient l'hôtel Crystal, dissimulé à l'abri du temps et des culs à l'air, sis dans une arrière-cour où Daumal, Gilbert-Lecomte et Vailland avaient eu leurs habitudes. L'hôtel pataugeait dans son jus, inchangé depuis les années vingt. Je demandai à la réceptionniste, une voluptueuse blondinette que j'eusse volontiers embrassé sur les seins, si le Grand Jeu lui disait quelque chose ; une femme, trois ans plus tôt, était venue lui parler d'un « certain comte », mais, elle, « ne s'y connaissait pas trop ».

Cette nuit-là, j'arpentai le Reims de Gilbert-Lecomte. Lecomte aimait passer des jours entiers, valise à la main, se faisant accroire qu'il partirait pour Paris toutes affaires cessantes. Il rejoignait à la nuit tombée, penaud, cafardeux, la maison familiale de la rue Hincmar. Je passai près du Cirque, devenu un « lieu culturel », mort, sans âme, comme tous les lieux culturels, et où jadis Lecomte et Daumal avaient bu de l'absinthe et des liqueurs jusqu'à l'aube en fumant des clous de girofle. Je voulus apercevoir les spectres évanouis de mes amis morts, me disant, le cœur serré, qu'ils n'eussent sans doute pas accepté d'être mes amis, refusant de me tendre la main, se riant de moi, me crachant au visage.

M'étant saoulé dans un bar proche du parc de la Patte d'Oie, autrefois zone de débauche devenue terrain mort, je titubai en chantant ; soudain j'aperçus Roger Gilbert-Lecomte : tapi dans l'ombre d'arbres noirs – des ormes agités dont les reliefs me parurent signifier l'appel languissant de la mort –, il était installé sur un banc de pierre. Il me fit asseoir auprès de lui et me parla de la manière dont couraient les chevaux en Australie, puis de petits coquillages marins à « coquille discoïde spiralée » à l'intérieur desquels l'univers finirait par être aspiré : enfin, après avoir violemment conspué la mièvrerie d'Éluard et rendu hommage au génie du « grand Jean-Perse-son-saint-fond-de-culotte », il aborda les écrits chrétiens du jeune Hegel.

Roger était en plein trip, le visage, diaphane, caressé par le bleu de la lune. Il était d'une grande et blanche beauté ; son regard avalait les ombres, ses yeux, clairs et globuleux, ressemblaient à deux œufs. Il souriait ; sa gentillesse, ou plutôt sa bonté, m'apparut dans toute sa splendeur. Il m'expliqua que c'était dans ce parc de la Patte d'Oie, après avoir abusé de rhum et fumé quelques pipes d'opium, que, de son vivant, soixante ans plus tôt, il avait joué à la roulette russe avec ses Phrères : « Dada, peu partant, chargeait la culasse, il me passait ensuite le revolver, un calibre 6.35 à barillet, à cinq coups. Je le portai à ma tempe. Puis je passai l'arme à Nathaniel. » Il ne disait pas René et Roger, ni Daumal et Vailland : il disait Nathaniel et Dada.

Sa voix était grave et son physique fluet. Il ferma les yeux, me récita d'une voix douce le début des *Déserts de l'amour* de Rimbaud. J'aimai aussitôt ce garçon, à peine plus vieux que moi. « J'ai le courage. Je n'ai plus la substance », me glissa-t-il. « La prochaine fois que vous viendrez, nous ferons un feu. » C'était un vouvoiement des années vingt. « À Reims, les aubes sont atroces », poursuivit-il en fixant le ciel violet. Le tétrachlorure était sa façon de s'absenter de Reims. « Nathapoléon me manque… Je me demande ce qu'il devient. Si vous avez des nouvelles, donnez-m'en » – je le lui promis. Il me tendit un morceau de papier chiffonné. « Pourriez-vous faire taper ceci ? C'est très important pour moi. Il s'agit d'un poème sur le vent… Mon père ne veut pas se charger de faire taper de telles inepties à cause de son honorabilité… Et moi je n'ai pas d'argent. »

Quand je m'éveillai, la gueule de bois, Roger avait disparu ; je me rendis chez Caillette pour lui narrer l'épisode, me fracassant le nez à la porte. Ce fut Garabédian qui remplit la tâche de m'écouter parler de ma rencontre nocturne avec « Rog-Jarl ». Je trouvai ce dimanche-là un Garabédian au visage tuméfié : il s'était battu la veille avec Melou dans une discothèque de Bezannes, La Bergerie. Melou avait traité Garabédian de « fiotte » et cela avait dégénéré. Rissoire, une brute que j'avais toujours fuie à cause de son odeur, s'en était mêlé.

Eyqualle nous rejoignit vers midi. Nous passâmes l'après-midi à ourdir des canulars téléphoniques. Eyqualle imita, à la perfection, la voix d'un étudiant vaniteux, Gondran d'Afrans de Lullepoix, et appela des filles de la promotion afin de les séduire. Il fit la cour, via la voix de Lullepoisse (son surnom), à l'acariâtre Corinne Chinchon, secrètement amoureuse de Lullepoix. « Je n'arrive pas à croire ce qui m'arrive, Gondran… » Garabédian et moi peinions à réprimer notre fou rire. « Je veux bien sortir avec toi, mais à trois strictes, *très strictes* conditions. » Corinne Chinchon, impatiente et fébrile, somma Lullepoisse de les lui exposer. « Première condition, commença Eyqualle, *j'exige* que, tous les matins, tu me fasses un thé. Vert. Un thé *vert*. – C'est acquis, Gondran, tu auras ton thé vert. Ensuite ? – Ensuite, *j'exige* la presse, tous les matins. *Toute* la presse. – D'accord Gondran. Tu l'auras. Troisième condition ? – Troisième condition, clama Eyqualle en retenant un rire naissant : pendant que je prends mon thé, *vert*, que je lis la presse, *toute* la presse, je veux, *j'exige* que tu me mettes un doigt dans le cul. » Nous nous mordîmes tous trois la langue jusqu'au sang. Un long silence se fit. « Pour le doigt dans le cul, Gondran, il faut que je réfléchisse… Laisse-moi jusqu'à demain. »

Le lendemain, on sonna à la porte de ma masure. C'était Corinne Chinchon, ivre de colère : « Il paraît que je suis ton genre de femme… » D'un coup de clef qu'elle avait dissimulée dans son poing, persuadée que j'étais l'auteur du canular, elle me transperça le cou ; je claquai la porte. Mes paumes, posées sur la plaie, se couvrirent de sang. Je crus la carotide atteinte. Je me souvins qu'au lycée Pothier d'Orléans, lorsque j'étais en classe de première, un élève, lors d'une rixe au Germinal, le bar jouxtant l'établissement où nous allions jouer au baby-foot entre les cours, était mort la carotide tranchée par un tesson de bouteille. Il avait couru quelques mètres, s'était écroulé sur la chaussée. Ma première pensée fut pour Gilbert-Lecomte. Paniqué, je montai à l'étage : ma voisine du dessus, qui n'était jamais là, était là. Elle ausculta ma plaie – superficielle –, passa dessus du mercurochrome. Eyqualle, l'homme aux friandises dans le cul, avait failli me coûter la vie – je me fis la remarque qu'il avait peut-être un problème avec cette partie de son corps, à laquelle son imagination, qu'elle fût vengeresse ou joueuse, avait systématiquement recours.

Je passai la soirée dans un désespoir complet ; je ne parvins pas à me faire jouir. J'écrivis un poème en prose intitulé « Je suis un vermisseau ». La nuit fut atroce ; je suai. Une sensation de froid m'envahit. J'eus peur de l'avenir comme les enfants de l'ogre ou du loup. L'avenir ne ferait qu'une bouchée de moi. Jamais je ne serais assez fort pour m'y engouffrer. Il était fait pour les forts, les optimistes, les adultes – j'étais un enfant pessimiste et fragile. Je vomis. Vers quatre heures du matin, je me décidai à me suicider – non en me donnant la mort, mais en me proposant une nouvelle vie, une vie qui réclamerait l'effroi au lieu de le congédier, qui provoquerait les dangers plutôt que de les éviter. « Il y a encore bien des steppes de grand' peur à traverser, amis de l'exténué », avait écrit Roger à Nathaniel. Je retournai au parc de la Patte d'Oie. J'attendis sur notre banc ce Phrère mort. Qui vint tandis que je dormais.

7. – « La mort, avait écrit Daumal à Lecomte (jeudi 20 octobre 1927), demeure nue avec son odeur de poubelle. Ce n'est pas une chose terrible. Créer une école où l'on apprenne à mourir : c'est-à-dire voir la mort toute nue, un choc ici ou là, une loque tombe et c'est tout. Le suicide prouve de la part de celui qui se tue qu'il attache une grande importance à la mort. » Quelques lignes plus loin, il avait conclu : « Se suicider prouve sûrement que l'on est attaché à la vie ; ne pas se suicider *ne prouve rien.* »

Garabédian fut impressionné par cette lettre qui résumait, avec une densité extrême, la révélation de ma nuit post-canular, que je baptisai, non sans emphase, ma « nuit de la voie ».

Débarrassé d'un poids faramineux, j'expliquai à Garabédian que j'incarnerais désormais, jusqu'à mon souffle dernier, l'enfant que je n'avais cessé d'être : avec ses colères, ses gamineries, ses caprices, ses fragilités – ses niaiseries. Je me retirais, non pas exactement de l'existence, je me soustrayais, non pas strictement de la vie : mais de l'existence adulte et de la vie adulte.

Les parents, les géniteurs, toutes ces entités affreuses, non seulement dispensables mais inadmissibles : c'étaient eux les ennemis, et tous ceux qui, par leur âge ou leur statut, leur attitude face à la vie (thésauriser, prévoir), souillaient le monde. « Je ne sais plus quoi faire, m'avoua Garabédian, pour être digne d'intérêt à mes propres yeux. » Nous étions, pour quelques semaines encore, englués dans « l'antithétique et infernal présent – qui dure... qui dure... » (Lecomte). Notre vie était « souvent perdue en longs sommeils lourds », d'une « si effroyable monotonie ». Garabédian plagiait Lecomte sans le savoir : « Qu'il arrive enfin n'importe quoi, mais Quelque Chose. » Le Simpliste avait livré une autre belle formule : « Évidemment le monde est un décor de notre volonté... » Mais nous n'avions aucune volonté – pas la moindre. Je commençai à me demander si je n'avais pas placé Roger Gilbert-Lecomte à une altitude exagérée dans le ciel de mes admirations : n'était-il pas d'abord un être de veulerie, de velléité, de paresse ? Ces défauts, ne les avait-il point habillés d'une panoplie esthétique et métaphysique – son

Grand Jeu – qui *finalement* n'allait pas si loin que ça ? Abandonné de tous, cloîtré à Reims, mais parce qu'il l'avait d'abord voulu, méprisant les mains tendues qui lui proposaient d'écrire et de publier ?

Je m'insultai intérieurement de ce que de telles supputations eussent pu me traverser l'esprit. Le génie de Lecomte, précisément, avait été de refuser de devenir un « homme de lettres » et même un « écrivain ». Son existence se situait ailleurs, juste avant la naissance ; l'héroïnomane, le cocaïnomane, l'alcoolique Roger Gilbert-Lecomte avait esquissé une « mystique prénatale » : c'était mort-né qu'il s'agissait de rester ; séjourner dans le monde en avorton, davantage qu'en petit enfant. Le Grand Jeu serait à la mort ce que le surréalisme était à la vie ; la mort n'était pas ce qui se présentait après l'existence, mais ce qui se situait avant. La mort n'était pas pour Lecomte la suppression de l'Être, mais son annulation. Non son achèvement, mais son empêchement. C'était avec la naissance que les choses se compliquaient, que nous étions jetés dans ce cloaque putréfié – l'existence humaine – qu'il s'agissait de transformer, de travestir en Grand Jeu. Lecomte était un génie parce qu'il n'avait pas hésité à crier jusqu'à la nausée (jusqu'à la mort) : « Je ne sais pas quoi faire. » C'était la seule question qui fût jamais digne d'être posée.

Les révolutions n'avaient pas eu lieu parce que les gens crevaient de faim, mais parce qu'ils crevaient d'ennui. Les idéologies ne valaient pas un clou : Lénine, Trotski, Robespierre n'avaient rien fait que lutter contre l'ennui. Pour s'arracher à cette morne matière, sourde, infiniment répliquée, que les jours identiques reproduisaient sans cesse, l'homme, régulièrement, fou de monotonie, faisait pousser des événements sur les dates, se ruant dans l'histoire en y mettant le feu.

Roger Gilbert-Lecomte ne s'était pas shooté pour s'extraire à l'ennui, mais pour regarder l'ennui droit dans les yeux, ce que nul n'osait jamais faire. S'abrutir de travail ou de révolution, tromper son ennui par le salariat ou l'incendie des palais, ç'avait été les deux faces d'une même médaille – le Grand Jeu consisterait à développer une stratégie pour échapper à ces écueils jumeaux. D'un côté, il s'agissait de déserter l'habitacle putride de la maison ; de l'autre, de refuser tout ralliement à la laideur de la rue. Gilbert-Lecomte avait moins voulu se tuer lui que tuer le temps. « L'un de nous deux est de trop sur cette terre. »

Les surréalistes avaient été des comiques, des plaisantins, des comptables, des adultes en comparaison des Simplistes. Daumal, définitif, avait lancé à Breton : « Vous allez finir dans l'histoire littéraire. Nous, nous voulons nous inscrire dans l'histoire des cataclysmes. » Le Grand Jeu, c'était trop pour Breton ; Lecomte et les siens ne trichaient pas, ne vivant que pour mourir, cherchant inlassablement à renouer avec l'extase de l'avant-naître, cette oasis où viennent s'abreuver les infinis. Cela allait plus loin que les sordides réunions de la place Blanche durant lesquelles Breton s'amusait à exclure, tel un adjudant-chef faisant sortir un pioupiou des rangs, tel qui avait « débordé » de ses dogmes puérils, scolaires – navrants. La bande de Reims, éloignée des théories, avait proposé – et vécu –, avec un minimum de publicité, une expérience inédite dans l'histoire de l'humanité, opérant une percée dans le réel ; le clan Breton n'avait commis que des livres.

« Nous avons passé trois ans de notre jeunesse ici, lançai-je à Garabédian en revenant du restaurant universitaire. Trois ans à ne faire que dormir et nous masturber. Nous nous sommes saoulés. Eyqualle s'est enfoncé des bonbons dans le trou du cul. Gillon s'est shooté. Martinoff s'est ratatiné sur le sol. Caillette a musclé ses pectoraux. Tu chantes toujours aussi faux. Je n'ai pas écrit une seule ligne. Nous avons médit de tout le monde. Hormis Gillon, aucun de nous n'aura fait l'amour *une seule fois*. Quoi d'autre ? » Garabédian ne dit mot, accablé par l'implacable justesse du constat.

« Tu-tu as raison, nous avons passé trop de temps à nous ma-masturber. » La sexualité n'était pas entrée en ligne de compte dans cette pratique, elle aussi destinée à nous désennuyer. Notre cauchemar allait cesser : d'ici un mois, nous aurions quitté le campus et nous disperserions pour effectuer un stage d'un semestre en entreprise. J'avais postulé et été sélectionné (l'entretien avait eu lieu à Paris) au siège de la Norwich Union, situé rue de Châteaudun ; le stage démarrerait en juin – ma mission consisterait à vendre des conventions obsèques à de semi-moribonds. Garabédian travaillerait à la Bourse de Londres, à la salle des marchés, par la grâce d'un piston. Suite à ces incursions de longue durée dans le monde professionnel, nous aurions un rapport de stage à rédiger et obtiendrions, ou non, notre diplôme. Il s'agissait d'abord de passer les examens de fin de troisième année.

Nous n'avions pas révisé. Je trichai aux épreuves. En droit fiscal, j'avais fait brocher le corrigé de l'intégralité des épreuves des vingt-cinq dernières années. Je recopiai *in extenso* le corrigé, sans rien y comprendre. J'obtins la magistrale note de dix-neuf sur vingt qui, agrémenté d'un « vous devriez vous orienter vers une spécialisation en fiscalité », me garantit l'obtention du diplôme.

Lodz et Luchon se firent prendre en train de se passer des documents et furent exclus sans sommation ; Luchon fut admis à redoubler, mais Lodz, qui insulta le jury, quitta Reims bredouille. Il avait subi trois ans de cette vie sordide pour rien. L'ambiance dans l'école était morne : tout le monde révisait ; le silence planait sur le campus frappé de soleil. Le bitume du parking exhalait ses fumerolles ; une odeur de goudron nous enveloppait. La mère de Garabédian mourut d'un cancer foudroyant à l'âge de quarante-trois ans. Mon camarade en fut moins dévasté que par un nouvel et ultime échec qu'il essuya, en une tentative désespérée (avant qu'elle n'allât s'évanouir dans le temps et dans « l'espace illusoire », comme disait Gilbert-Lecomte) auprès de Géraldine Lebon.

Nous évoquâmes la figure de Pierre Minet, le plus jeune et le plus attachant des Simplistes, errant dans Reims avec sa canne-épée trouvée dans le grenier de ses parents et qui, lui aussi, crevait de cette putain de ville. Minet était le petit Phrère de la bande (« Phrère Fluet ») ; il avait évoqué la « laideur très particulière » de la Reims des années 1925 – ruines, pans de mur, décombres, excavations ; il avait écrit dans un roman que l'ennui que diffusait Reims était « à devenir fou ». « Il faut absolument que je m'en aille, je n'en peux plus », avait-il confié à Lecomte avant de partir pour la capitale à seize ans, dormant dans le jardin des Tuileries le jour et, abruti de Pernod, marchant toute la nuit au hasard pour ne pas se faire ramasser par la police.

C'est alors que Garabédian, qui venait de réciter les dernières phrases des *Déserts de l'amour*, fut la proie d'une fulgurance extraordinaire ; il subsistait un survivant parmi les Phrères simplistes : le mystérieux Robert Meyrat, alias la Stryge, qui avait fait découvrir l'opium à Lecomte dans sa chambre du 49, rue Ruinart de Brimont, celui-là même qui avait ôté la cartouche du barillet au parc de la Patte d'Oie lors de la roulette russe, devenu médecin après avoir quitté le groupe (il était l'auteur d'une *Contribution à l'étude clinique et au traitement des fistules vésico-vaginales*), et vivait encore, devait toujours vivre à Reims.

Je proposai à Garabédian, Caillette et Gillon de partir à la recherche de la Stryge. Gillon se désista : il préférait rester se défoncer dans son studio en écoutant Brahms. Nous retrouvâmes la Stryge sans difficulté, en consultant bêtement l'annuaire. Il entrait dans sa quatre-vingt-deuxième année. Sévère, méfiant, le regard dur, il nous accueillit sans enthousiasme au rez-de-chaussée de sa maison, rue Saint-Léonard, et ne nous proposa que de l'eau. « Pourquoi vous intéressez-vous à tout cela ? Que voulez-vous savoir ? » nous demanda-t-il en frottant les verres de ses lunettes avec une peau de chamois. « Parce que nous sommes aussi des poètes morts », répondit Caillette.

III.

Après

0. – Mes géniteurs m'ayant mis à la porte (j'avais contracté un emprunt étudiant au Crédit agricole), j'emménageai à Levallois-Perret dans un squat. Le père de Zahler possédait, rue Louise Michel, un trois pièces de quarante mètres carrés dans lequel il avait entassé, en sus de quelques éléments de notre promotion, des marginaux de toutes sortes. Je me retrouvai, avec un sac de couchage et trois livres (*Le Vicomte de Bragelonne*, *Moby Dick*, *Lord Jim*), dans une pièce sale et glaciale, en compagnie de Babave (établi là par souci d'économie) et de Gilles-Alain Moncal, fauché comme les blés, un être pourri de méchanceté, atrabilaire et envieux. Notre chambre, côté cour, contenait un petit lavabo ébréché dont le robinet rouillé avait été décapité, laissant passer un ténu filet d'eau roussâtre. C'était le seul endroit de l'appartement où l'on pouvait recueillir une goutte pour la passer sur son visage ; la salle de bains, comme la cuisine, était condamnée. Le chauffage ne fonctionnait pas.

Un couloir au linoléum poisseux, maculé de taches, nous séparait des deux autres chambres donnant sur la rue. La première était occupée par des ivrognes, des gars sans métier ni raison sociale, qui rentraient chaque jour à quatre heures du matin, dans le plus grand fracas, rapportant, après les avoir arrachés, des panneaux de signalisation (stops, sens interdits, etc.). Ils dormaient à cinq dans la chambre : Rémi Molon, originaire de Metz, ancien garçon de café qui avait mal tourné (séjour en prison pour agression sexuelle) ; Fred Mamouche, junkie post-punk, amateur de grunge, qui refusait de travailler, sniffait de la colle à rustine et jouait avec un opinel qu'il plantait dans la porte d'entrée à la moindre occasion ; Bruno Agostini, « Nino », Corse monté à Paris pour balafrer un « traître » ; Altin Lipa, Albanais aux dents gâtées, qu'il fallait éviter de croiser lorsqu'il avait abusé de la bière ; le dernier, que je n'entendis jamais surnommé autrement que « Triple Dose » parce qu'il reprenait de tout trois fois, impressionnait par sa corpulence et possédait un doberman répondant au nom de Van Gogh.

La chambre où dormait Zahler était la plus sale : cacahuètes, ongles de pied, chips, bouteilles de sirop et de rhum, de bière, de gin renversées, tablettes de chocolat, miettes de gâteaux apéritifs s'étalaient partout. L'Allemand partageait cet enfer avec deux compatriotes : Rolf Kleber et Andreas Fröbel, de loin les plus sympathiques de cet amas d'humains rassemblés par la galère dans cet abri bourgeois changé en punaisière.

L'hygiène était terrible en ce gourbi ; ma peau se recouvrit de champignons mauves. Les soirs de bagarre dans l'appartement, j'arpentais le pavé ; grâce à la complicité de Nathanaël, qui y travaillait comme gardien de nuit, j'allais dormir à la bibliothèque de Beaubourg sur un canapé défoncé ; j'avais accès à des millions de livres (ils possédaient les œuvres poétiques de Pierre Minet, que je dévorai), et m'abrutis d'auteurs que je n'avais point encore lus et dont la sonorité des noms m'enchantait : Hamsun, Bellow, Caraco, Schuhl, Ciantar, Malaparte, Svevo, Lezama Lima, Meschonnic, Musil, DeLillo…

Je me nourrissais dans un kebab de la place de la République ; Khaled, le gérant, qui s'était mis en tête que je travaillais pour la télévision, me gratifiait d'une ration de frites qui me permettait de tenir jusqu'au lendemain. Pour ne point ressentir la faim, je buvais des litres d'eau (du robinet). Je me douchais dans une salle de sport, non loin de Notre-Dame-de-Lorette où, me mélangeant aux adhérents avec culot, on ne me demanda jamais ma carte.

Chez Norwich Union, on parla de me renvoyer au bout de deux semaines ; ma tenue vestimentaire était considérée comme « impeccable ». Pour le reste, je fus jugé brouillon et incompétent. Ma tâche consistait à appeler par téléphone des vieillards et à leur proposer des formules avantageuses pour des obsèques « clés en main ». Je rencontrai l'acteur Jean-Marie Proslier, venu au siège de l'entreprise tourner une publicité vantant les mérites de notre « convention obsèques ». Proslier, de sa voix rocailleuse mais aiguë, employait l'énergie qui lui restait au service de la mort. Une lumière crémeuse irradiait son goitre ; tel un abbé rassurant, l'œil plissé et le sourire pincé, il levait le doigt vers un numéro vert qu'il s'agissait de composer pour s'en aller reposer en paix l'esprit tranquille.

Un soir que je rentrais au squat Louise Michel après une entrevue musclée avec mon responsable, Alain Lehut, je surpris Babave, braguette ouverte et membre saillant, en train de se palucher ; devant lui, sur son sac de couchage qui jouxtait le mien, étaient étalées des revues pornographiques aux couleurs écœurantes. Je sortis sans faire de bruit. Dans l'escalier, je croisai Lipa, Triple Dose et Mamouche dans un état d'ébriété avancé : je les avertis du spectacle qui les attendait s'ils entraient dans l'appartement.

Je ne sus jamais ce qu'ils comprirent de mon avertissement (sans doute crurent-ils que je les avais insultés) – Mamouche m'enfonça sa lame dans la cuisse. Paniqué à la vue du sang, il se répandit en excuses, tandis que Triple Dose me secouait pour me demander si j'avais mal. Je m'évanouis, me réveillant à la pharmacie. On m'expliqua que des « SDF » m'avaient gentiment accompagné jusqu'ici – c'était la première fois que j'entendais ce mot. J'allai dormir à Beaubourg, nauséeux à l'idée d'avoir à passer la nuit dans cette grotte à bitures et chips écrasées qui commençait à me porter au cœur.

L'appartement de Zahler doucement se vida ; je m'y étais installé en juin et vers la fin du mois d'octobre, le froid devenant vigoureux et le père de Zahler ayant expulsé les occupants les plus douteux, je me retrouvai avec Bavé et Moncal, puis, dès novembre, totalement seul. Je passai les fêtes de fin d'année dans cet antre vermineux et glacé. Jamais je ne m'étais senti si proche de moi-même : rassemblé, par la poésie d'une vie de bohème, ainsi que l'avait rêvée Gilbert-Lecomte. Tout commençait mal à Paris – c'était bon présage. J'entamais, comme tout grand écrivain, la phase, répertoriée dans les biographies ou les Mémoires, de « vache enragée ». Je faisais mes débuts dans le destin.

Forçant la pitié d'Alain Lehut, je ne fus pas renvoyé de mon stage ; on me toléra, m'oublia. Relégué dans un coin, près des toilettes, le travail qu'on attendait désormais de moi était de faire comme si je n'existais pas. J'y parvins merveilleusement, lisant Bloy, Fuentes, Gadda, Grass et *Citadelle* de Saint-Exupéry.

Après les heures de « bureau », je marchais jusqu'à épuisement dans les rues de Paris. J'étais délivré de Reims et d'Orléans. Je resquillais dans les cinémas, visitais les tombes de mes morts favoris, dormant au cimetière de Montmartre collé à la tombe de Guitry. Sur un petit carnet, j'écrivais des phrases qui viendraient s'insérer dans ce premier roman, qui s'impatientait en moi, me criait dans les oreilles, me tarabustait la nuit, m'insultait quand je procrastinais assis sur le socle des statues, admirant des femmes qui ne me regardaient pas encore.

Je ne possédais rien, je n'étais rien ; dans ce néant facile à transporter, dans ce trou sans avenir, habitait un petit Orléanais complexé, fragile, non tant solitaire que seul, qui ne connaissait à Paris que les morts remplissant son existence. Entouré de ces fantômes, dont la présence me promettait des aventures, je décidai de devenir le personnage de mes œuvres inexistantes et géniales. Demain, tout à l'heure, un autre jour, après la pluie, j'irais montrer mes pages aux éditeurs et à la postérité.

Il me semblait être le plus heureux et le plus vrai des hommes. J'avais inventé la vérité. Il me fallait la dire. J'avais davantage existé que prévu. J'avais fini par vivre à mon insu. Ces chagrins, ces heures mortes, ces instants d'insurmontable solitude, ces décors plats, ces déserts, ces humiliations, ces amis disparus : ils étaient, ils seraient mon livre et mes livres. Ils m'habiteraient demain comme je les avais habités hier.

Le soir du premier janvier, enfermé seul dans l'immensité verte de la bibliothèque du centre Beaubourg, je regardai par les grandes baies vitrées Paris plonger dans la nuit. Nathanaël me salua de loin, depuis une travée. Des nuages violacés enveloppèrent les décors. « Tu as traversé, la plupart du temps sans t'en apercevoir, le désespoir, la folie, l'amour, le vertige, la nausée, la mort. » J'éclatai de rire. J'eus envie de me serrer dans mes bras.

FIN

Composition et mise en pages
Nord Compo à Villeneuve-d'Ascq

Cet ouvrage a été imprimé
par CPI Firmin-Didot
pour le compte des éditions Grasset
à Mesnil-sur-l'Estrée (Eure)
en avril 2021

N° d'édition : 22009 – N° d'impression : 163401
Dépôt légal : mai 2021
Imprimé en France